1ª edição
5.000 exemplares
Fevereiro/2024

Capa e projeto gráfico
Juliana Mollinari

Imagem Capa
123RF

Diagramação
Juliana Mollinari

Revisão
Alessandra Miranda de Sá
Ana Maria Rael Gambarini

Assistente editorial
Ana Maria Rael Gambarini

Coordenação editorial
Ronaldo A. Sperdutti

Impressão
Gráfica Rettec

Todos os direitos estão reservados.
Nenhuma parte desta obra pode ser reproduzida ou transmitida por qualquer forma e/ou quaisquer meios (eletrônico ou mecânico, incluindo fotocópia e gravação) ou arquivada em qualquer sistema ou banco de dados sem permissão escrita da Editora.

O produto da venda desta obra é destinado à manutenção das atividades assistenciais da Sociedade Espírita Boa Nova, de Catanduva, SP.

© 2024 by Boa Nova Editora

Instituto Beneficente Boa Nova
Entidade coligada à Sociedade Espírita Boa Nova
Av. Porto Ferreira, 1.031 | Parque Iracema
Catanduva/SP | CEP 15809-020
17 3531.4444

www.**boanova**.net
boanova@boanova.net

Dados Internacionais de Catalogação na Publicação (CIP)
(Câmara Brasileira do Livro, SP, Brasil)

Melo, Fernandes de Almeida de (Espírito)
    Amanhã será um novo dia /[ditado] pelo espírito Fernandes de Almeida de Melo, [psicografado por] Ariovaldo Cesar Junior. -- 1. ed. -- Catanduva, SP : Boa Nova Editora, 2024.

    ISBN 978-65-86374-37-7

    1. Espiritismo 2. Obras psicografadas 3. Romance espírita I. Cesar Junior, Ariovaldo. II. Título.

24-190382   CDD-133.9

Índices para catálogo sistemático:

1. Romance espírita : Espiritismo   133.9

Tábata Alves da Silva - Bibliotecária - CRB-8/9253

ARIOVALDO CESAR JUNIOR
Pelo Espírito
FERNANDES DE ALMEIDA DE MELO

AMANHÃ SERÁ UM NOVO DIA

SUMÁRIO

CAPÍTULO 1

A CHEGADA A SANTOS 7

CAPÍTULO 2

A CONVERSA COM ANTONIO 17

CAPÍTULO 3

O PAI DE MELQUÍADES 27

CAPÍTULO 4

A DECISÃO DE FACUNDO 35

CAPÍTULO 5

OS PLANOS DE CELESTE 45

CAPÍTULO 6

NA CIDADE DE RIBEIRÃO PRETO 53

CAPÍTULO 7

A FAZENDA SERRA DE PIRACICABA 63

CAPÍTULO 8

A VISITA DE FACUNDO 75

CAPÍTULO 9

O IRMÃO DE MELQUÍADES 85

CAPÍTULO 10

A REUNIÃO COM OS INGLESES 93

CAPÍTULO 11

A CASA DE ORAÇÃO 101

CAPÍTULO 12

O PAGAMENTO DA PRIMEIRA PARCELA 107

CAPÍTULO 13

AS AULAS DE INGLÊS 111

CAPÍTULO 14

A REVOLTA DE MARIANO 117

CAPÍTULO 15

O CASAMENTO 123

CAPÍTULO 16

A HIPOTECA DOS BENS 131

CAPÍTULO 17

ABELARDO NO HOSPITAL 137

CAPÍTULO 18

A DÍVIDA DE MANOEL 143

CAPÍTULO 19

A VENDA DAS FAZENDAS 151

CAPÍTULO 20

ALTA HOSPITALAR DE ABELARDO 157

CAPÍTULO 21

A VENDA DAS FAZENDAS 167

CAPÍTULO 22

A CONCRETIZAÇÃO DOS NEGÓCIOS 173

CAPÍTULO 23

A INVESTIGAÇÃO DE ABELARDO 181

CAPÍTULO 24

NA CIDADE DE RIBEIRÃO PRETO 187

CAPÍTULO I

A CHEGADA A SANTOS

Era uma linda manhã de primavera, com as flores embelezando todos os caminhos com suas cores e perfumes. O sol tinha nascido mais cedo, acompanhado de uma brisa doce e suave; tudo indicava que seria um dia lindo, desses que não se esquece jamais.

O vapor *Colombino*, procedente da província de Pádova, na Itália, em viagem subsidiada pelo governo brasileiro, atracou no porto de Santos, em São Paulo, às sete horas da manhã do dia 8 de outubro de 1900, com 1.100 italianos a bordo[1], após uma viagem sem os sobressaltos que às vezes assustavam os que cruzavam o oceano Atlântico em busca de novas oportunidades de trabalho. Fora uma viagem com mar calmo e ventos brandos, que contribuíram para a chegada ao destino tão sonhado. Como determinava a legislação da época, todos os imigrantes deram entrada na Hospedaria Santa Genoveva, e dentre esses se destacava uma família de rara beleza, cujos integrantes, apesar da viagem extremamente cansativa, estavam dispostos e cheios de esperança com as novas possibilidades oferecidas nas fazendas do Brasil.

No Primeiro Livro de Registro dos Imigrantes da hospedaria, folha 238, verso, foi realizado o assento da família: Antonio Pepilanetto, pai, com 35 anos; Santa Pepilanetto, mulher, com 34 anos; Celeste, filha de 16 anos; Francesco, filho de 13 anos; Giuseppa, filha de 11 anos; Milano, filho de 9 anos; Cesare, filho de 7 anos; Dosolice, filha de 5 anos; Valentino, filho de 3 anos; e Pietro, filho de 1 ano de idade — uma família com oito filhos, todos com cabelos loiros e olhos azuis.

Os imigrantes eram famílias pobres que vinham em busca de uma vida melhor. O governo brasileiro, após a Proclamação da República em 1889, em busca de mão de obra para a lavoura em expansão, divulgava no exterior que o Brasil era uma nação próspera, em pleno desenvolvimento, e que proporcionava benefícios a todos, principalmente aos que quisessem trabalhar

---

1 Em decorrência do tráfico negreiro, entraram no Brasil até 1850 entre 4 e 5 milhões de africanos na condição de escravos — o país que mais recebeu escravos em toda a sua história em 350 anos de escravidão. Entre 1874 e 1959, entraram no Brasil 4.734.494 imigrantes, sendo 1.507.695 italianos, 1.391.898 portugueses, dentre outros. Os primeiros 380 camponeses italianos desembarcaram no Brasil em 21 de fevereiro de 1874. (Fonte: Wikipedia.org)

nas plantações de café. Estes receberiam gratuitamente casa e pequena área de terra, que na realidade era um amplo quintal; havia clima favorável e, além do trabalho no campo, também grande possibilidade de emprego nas cidades e de progresso social.

Na hospedaria, a família Pepilanetto, com outras famílias de italianos, foi designada para a Fazenda Serra de Piracicaba, na cidade de Ribeirão Preto, chamada de "*petit* Paris" do Brasil. As exportações de café estavam enriquecendo os fazendeiros de São Paulo e Minas Gerais devido à fertilidade das terras, que asseguravam grande produção, sendo ele considerado o "ouro negro". Os fazendeiros precisavam de um número crescente de trabalhadores, e o governo fazia acordo com os países interessados para que mandassem imigrantes.

Após a Abolição, os fazendeiros se recusavam a pagar salários para os negros; quando eram aproveitados na lavoura, ganhavam a metade do salário de um branco. Os negros eram considerados um mal necessário, rejeitados e vistos com desconfiança, o que os impedia de progredir profissionalmente; era a continuidade de um sistema de escravidão disfarçado. As mulheres negras trabalhavam como domésticas apenas em troca de quarto e alimentação, e quase sempre eram utilizadas na função social de amas de leite, para amamentar as crianças brancas das famílias senhoriais, porque as mães brancas não tinham condições físicas para garantirem o aleitamento. As escravas podiam dar o peito para os filhos dos senhores, mas eram proibidas de amamentar os próprios filhos enquanto estivessem aleitando outros bebês, o que aumentava os índices de mortalidade entre crianças escravas.

Os imigrantes eram bem remunerados e ficavam com as melhores tarefas no campo, que resultava num relativo progresso social, sobretudo quando muitas pessoas da mesma família trabalhavam para aumentar a renda. A casa destinada aos colonos era simples, mas suficiente para a união da família; o amplo quintal servia para as plantações de legumes e hortaliças, o pomar, a criação de galinhas e outros animais de pequeno porte.

Todos os italianos recebidos naquela fazenda, após estarem devidamente instalados na colônia e terem iniciado a rotina de trabalhos, foram convidados para uma festa de boas-vindas organizada pelo padre da fazenda, que escolheu a data de 7 de dezembro de 1900, dois meses depois da chegada do navio, em homenagem ao dia de Santo Ambrósio, antigo bispo de Milão e doutor da Igreja Católica. Mas, na realidade, o padre estava bajulando Melquíades Ambrósio Mosqueteiro, filho do dono de toda aquela riqueza, que aniversariava naquele dia, sendo o responsável pela administração da fazenda. Também aproveitaram para comemorar a virada do século, com discursos que versavam sobre a esperança num mundo melhor. Participaram os funcionários, moradores antigos e convidados. A comemoração foi muito bem recebida por todos, pois os italianos na sua maioria eram religiosos, alegres, divertidos, gostavam de dançar, de cantar, falavam alto, gesticulavam bastante e conservavam a tradição de reunir a família aos domingos para uma boa macarronada, além de estarem convictos de que haviam tomado uma boa decisão ao virem para o Brasil numa época especial: o início de um novo século.

Para a realização da festa, a fazenda providenciou garrafões de vinho, a carne que seria assada nos braseiros, a carne para as panelas de ferro nos fogões a lenha, tomates para os molhos, a farinha que os italianos usariam para fazer os diversos tipos de massa, entre as quais se destacavam o espaguete, pães e deliciosas sobremesas. A rua foi coberta com fitas de várias cores e com as bandeiras do Brasil e da Itália; mesas foram colocadas juntas em duas fileiras, numa das pontas ficando os músicos, que, quando tocavam as canções tradicionais italianas, viam todos se levantarem, dançarem e cantarem lindas canções folclóricas, mostrando o entusiasmo que traziam na alma por dias melhores num mundo novo. Alguns poucos permaneciam cabisbaixos e em silêncio, pensando saudosos na pátria distante e nos parentes queridos que haviam deixado por lá. As crianças participavam de brincadeiras de rua. Melquíades notou de longe a presença de uma jovem italiana que se destacava na multidão por sua beleza e simpatia, e perguntou ao amigo:

— Você sabe quem é aquela moça?

— Parece que se chama Celeste, filha do Antonio.

Celeste era a filha mais velha de Antonio Pepilanetto. Notou quando o fazendeiro chegou a cavalo, e fez alguns comentários com a mãe a respeito da elegância do cavaleiro. Melquíades trouxera anotadas em um papel algumas palavras em italiano para dar as boas-vindas aos novos empregados, e fizera questão de cumprimentar cada um dos presentes, principalmente Celeste, a jovem italiana mais linda da festa:

— Seja bem-vinda, nobre senhorita! Espero que goste do Brasil, uma terra de boas oportunidades.

— Muito obrigada! — e aproveitou para perguntar: — O senhor sabe quando começam as aulas na cidade? — Como era de esperar, ela não tinha fluência na língua portuguesa e o modo como misturava as palavras, além do nervosismo de estar na presença dele, deixou o filho do fazendeiro encantado.

— Aqui no Brasil ainda temos dois meses de férias, as aulas começarão dia primeiro de fevereiro e levaremos todas as crianças para a escola, não se preocupe, temos tudo preparado para essa garotada — disse ele sorrindo, sem conseguir desviar os olhos da moça. Porém, os costumes da época não permitiam continuarem conversando daquela maneira; precisava da autorização do pai dela e, disfarçadamente, desviou o olhar e afastou-se para não se indispor com nenhum daqueles trabalhadores.

O período de adaptação para os imigrantes não foi fácil: a língua, o clima, a separação dos parentes que haviam ficado na Itália, a alimentação, o trabalho na lavoura, a colônia distante da cidade... Mas tinham vindo para vencer e se mostravam dispostos a qualquer tipo de tarefa, por mais penosa que fosse. Faziam sacrifícios, trabalhavam com entusiasmo; eram pobres na Itália e queriam uma vida melhor no Brasil. Diariamente, antes do nascer do sol, Antonio e Santa faziam suas orações e seguiam para as plantações de café num grande carro de boi da fazenda; levavam o almoço dentro de uma lata, envolvida por uma toalha bordada, enquanto a filha Celeste ficava cuidando da casa e dos irmãos pequenos: Dosolice de 5 anos, Valentino de 3 anos, e Pietro de 1 ano. Após o início das aulas, Francesco, Giuseppa, Milano e Cesare seguiam de carroça para o Grupo

Escolar Doutor José Guimarães Junior[2] , recém-inaugurado na cidade de Ribeirão Preto, e só retornavam no final da tarde.

Celeste era de uma beleza invulgar, olhos azuis profundos, longos cabelos loiros que ela mantinha presos atrás da cabeça, destacando os contornos do rosto e o brilho intenso no olhar; era naturalmente elegante, de gestos suaves e sorriso encantador, tendo sido alfabetizada em Pádova, onde frequentara a escola por oito anos. Estava preparada para continuar os estudos e ser professora, quando recebera a notícia da mudança para o Brasil. Agora ajudava os irmãos nas tarefas escolares e aproveitava para aprender a língua portuguesa e fazer críticas à escola por achar fraco o ensino que recebiam.

Passados poucos meses, numa bela manhã, Melquíades Ambrósio Mosqueteiro não resistiu ao distanciamento da jovem. Foi até a colônia, parou seu cavalo na porta da casa de Antonio, foi recebido por ela e ficou mudo diante da bela jovem que, percebendo sua insegurança, tomou a iniciativa:

— Bom dia! Pois não, senhor, em que posso servi-lo? — adiantou-se Celeste com um belo sorriso.

— A senhorita é filha do Antonio e da Santa? — Perguntou o que já sabia, sem conseguir desviar o olhar daqueles lindos olhos azuis.

---

2 Inaugurado em 1895, o Grupo Escolar Dr. José Guimarães Jr. funcionou inicialmente em dois prédios: um na rua Duque de Caxias e outro na rua do Comércio, sendo posteriormente transferido para o sobrado da rua Lafaiete, nº 15. Desde 1902, a escola funciona no prédio localizado na altura 584 da rua Lafaiete, em Ribeirão Preto. O imóvel faz parte de um conjunto de projetos de autoria de José Van Humbeeck, tendo sido tombado pelo Conselho do Patrimônio Histórico, Arqueológico, Artístico e Turístico do Estado de São Paulo (CONDEPHAAT) em 2002. (Fonte: https://www.revide.com.br/noticias/educacao/escola-mais-antiga-de-ribeirao-preto-completa-120-anos/)

— Sim senhor, já nos conhecemos na festa de boas-vindas, me chamo Celeste.

Ele sorriu meio sem jeito com a desenvoltura e com o sotaque italiano da moça, e, sem descer do cavalo, falou:

— Gostaria de lhe oferecer um trabalho no escritório, mas preciso falar com seu pai para saber se ele aprova.

— Quem tem que aprovar sou eu! — respondeu com jeitinho gracioso. — Sei que preciso da aprovação do papai, mas não posso aceitar sua oferta, cuido da casa e dos meus irmãos para que meus pais possam trabalhar.

— O salário que ofereço vai permitir que dona Santa fique em casa cuidando dos filhos. — Celeste gostou do que ouviu, tirar a mãe do trabalho pesado da roça era o que mais queria, mas, em contrapartida, sentiu-se insegura, sem condições de trabalhar num escritório. Até aquele momento só havia realizado trabalhos domésticos e tarefas escolares.

Ele continuou com as explicações, na tentativa de evitar uma resposta negativa:

— E não se preocupe que o trabalho será fácil, daremos o treinamento necessário. Tenho certeza de que a senhorita está apta para a função. Avise a seu pai que hoje, após o expediente, voltarei para falar desse assunto.

— Sim, avisarei meu pai, mas, senhor Melquíades, nunca trabalhei num escritório.

— Então será a primeira vez! — e, sorrindo, despediu-se: — Boa tarde, senhorita.

— Boa tarde. — Cheia de incertezas, resolveu aguardar a opinião do pai. Apesar da conversa rápida, notou os belos traços do filho do fazendeiro, que era elegante e simpático. "Será que é casado?", pensou.

Melquíades retornou para suas obrigações diárias, mas não pensava em outra coisa que não fosse a italianinha; nunca tinha visto uma mulher tão linda, simpática e graciosa como ela! E que olhos!

CAPÍTULO 2

A CONVERSA COM ANTONIO

Antonio a princípio não gostou da ideia, tinha especial cuidado e ciúmes da filha, mas, como o convite foi para trabalhar no escritório, local mais tranquilo que a roça, acabou concordando; não atrapalharia as tarefas escolares dos filhos maiores, que poderiam ser acompanhadas à noite por Celeste, e Santa ficaria onde deveria ficar: "em casa, lugar das mulheres que se casam e têm filhos!", pensava. Orientou, cauteloso, que ela deveria fazer uma experiência, um período de adaptação, para saber se tinha gosto por aquele trabalho, e aguardou a chegada do fazendeiro. Celeste ficou feliz com a aceitação do pai.

— Boa noite, senhor Antonio, peço desculpas por ter vindo à sua casa na sua ausência, mas minha intenção era convidar sua filha para trabalhar no escritório da fazenda e, pelo pouco que conversamos, acredito que ela possa assumir essa responsabilidade, porém precisamos de sua permissão.

— Sim, senhor Melquíades, ela me contou e agradecemos pela vaga que o senhor está oferecendo. Peço apenas que, se possível, ela fique um tempo em experiência, pois é seu primeiro emprego e não quero que ela sofra por uma decisão errada.

— Como o senhor preferir. Poderemos iniciar na próxima semana e ela dirá se pretende parar ou continuar; respeitaremos a decisão dela.

— Muito obrigado pela sua compreensão — respondeu Antonio, orgulhoso da filha.

Trataram o horário de trabalho, que era menor que o tempo na roça, e, quando Melquíades falou o salário, ficaram impressionados; era quase o dobro do que Santa recebia na lavoura, o que, se tudo desse certo, resultaria na melhora das condições da família. Ficaram felizes.

Em seu primeiro dia de trabalho, Celeste colocou um vestido azul, que destacou a beleza dos seus olhos, e seu sorriso e os longos cabelos loiros a transformaram numa princesa de um conto de fadas. Melquíades, cada vez mais impressionado com a moça, desdobrava-se em ajudá-la com gentilezas, sorrisos e explicações, preocupado com que ela pudesse sentir dificuldades e recusar o emprego, mas na escrituração do movimento diário de caixa, um livro grande com anotações e números, ela demonstrou segurança e revelou sua linda caligrafia, que mais parecia uma obra de arte no papel, com domínio completo da utilização da caneta de bico de pena, que havia aprendido a usar na escola em Pádova. Celeste se reportava diretamente a Constâncio, guarda-livros[1]; havia mais seis funcionários responsáveis pelos registros das atividades comerciais da fazenda e era prática desse chefe o rodízio de funções, sistemática que estava em moda nos escritórios ingleses, para que o funcionário, gradativamente, tivesse o domínio de todas as tarefas e ficasse mais produtivo. Melquíades, que deveria fazer a fiscalização de campo, acompanhar as plantações e a colheita do café, além da criação de algumas cabeças de gado, não arredava pé daquela sala, sempre com algum motivo para aproximar-se da italianinha, e logo essa situação passou a ser comentada por todos às escondidas. Celeste, por sua vez, gostava da presença dele, da sua forma delicada de falar com ela. Depois de alguns dias, o filho do fazendeiro perguntou a Constâncio:

— Como está nossa nova aquisição?

— Por mim está aprovada; além de aprender tudo com facilidade, é atenciosa e gentil!

A Fazenda Serra de Piracicaba, grande produtora de café da região de Ribeirão Preto, possuía um grande terreiro para a secagem do café, tulha para o armazenamento dos grãos, casa

---

1 Os guarda-livros eram os contadores da época, respeitados como doutores.

de máquinas, colônia ampla onde ficavam as casas dos colonos, casa-sede e capela. A área da fazenda era plana e as árvores não reduziam o calor que fazia naquela bela região. Toda a produção de café era exportada. As plantações de milho e cana-de-açúcar eram para consumo próprio, ou para venda no mercado.

Naquela noite, Melquíades, ao se sentar para jantar no horário de sempre, devidamente vestido com terno e gravata, como era o hábito da família Mosqueteiro, comentou da moça com seu pai, que foi taxativo:

— Filho, cuidado com esses estrangeiros que estão invadindo nossas terras, eles estão aqui de passagem, com segundas intenções, vêm para pegar o que puderem e somem sem dar satisfações. Entre a Itália e o Brasil é lógico que preferem a Itália, que um dia já dominou o mundo. Diferentemente dos negros, que não voltam para a África nem pagando — e riu zombeteiro. Esse comentário irritou Melquíades.

— Pai, faz onze anos que acabou a escravidão, e tudo o que o senhor conseguiu na vida foi graças a essa mão de obra gratuita; por gratidão, o senhor não deveria falar assim. — Ao ouvir isso, o pai deu violento soco na mesa e gritou:

— Não fui eu quem inventou a escravidão! E ingrato é você, que está recebendo um patrimônio valioso sem ter trabalhado por ele, sem ter lutado, sem ter arriscado sua vida! Você pensa que foi fácil conduzir um bando de escravos perigosos para conseguirmos tudo o que temos?

— Pai, se esses negros fossem perigosos, não estariam trabalhando com a gente até hoje. E são cuidadosos e produtivos, ganham metade do salário dos brancos, mesmo trabalhando mais e melhor! — O aproveitamento de alguns bons escravos trabalhadores foi uma grande luta de Melquíades, submetendo-se à condição imposta pelo pai de pagar pouco.

— Cale a boca, moleque! Você não sabe nada da vida. Respeite as minhas decisões. Tudo o que você tem deve a mim, filho ingrato! — e, repentinamente, ficou vermelho e começou a tossir, sendo socorrido pela esposa, dona Filó, pois o médico recomendara que ele não poderia se engasgar, seria perigoso para o coração.

— Filho — falou a mãe com calma —, não discuta com seu pai. Você sabe como ele pensa!

Melquíades levantou-se, saiu da sala descontente, interrompendo seu jantar, e pensou que seria muito bom se pudesse estar naquela hora ao lado de Celeste e não ter que suportar um homem tão duro de coração, com quem já tivera muitos desentendimentos.

Os meses corriam céleres. A italiana adaptou-se plenamente às suas funções no setor administrativo da fazenda, comprovando sua inteligência e capacidade em vencer desafios. Anexo à sua sala ficava a sala do arquivo, onde eram guardados em prateleiras de madeira os livros dos registros, as fichas de controle dos estoques, canetas, penas, tinteiros, mata-borrões e os equipamentos do escritório. Após o encerramento do expediente, quando todos haviam saído, zelosa com seu trabalho, levantou-se e levou os livros para o arquivo, sem perceber que Melquíades entrara silenciosamente e se aproximara:

— E então, senhorita Celeste, está gostando de trabalhar aqui? — Voltou-se assustada, estavam sozinhos.

— O senhor Constâncio fez o mesmo tipo de pergunta e respondi que sim, estou gostando do trabalho, aqui somos todos amigos.

— Fico feliz com sua resposta. Então podemos considerar que encerrou a experiência?

— Sim, já falei com meu pai e estamos aguardando a aprovação do senhor Constâncio — disse com um jeitinho especial, pois sabia que era ele e não o chefe do escritório quem aprovaria sua permanência.

— Neste caso, quem decide sou eu! — respondeu sorridente o fazendeiro. — Gostei da senhorita desde o primeiro momento em que a vi, dependia unicamente do período de experiência requerido pelo seu pai, o que achei sensato, mas acompanhei seu trabalho e gostei da sua dedicação, da sua letra, do seu empenho, da facilidade em aprender, do seu capricho nas coisas; gosto até do seu lindo sotaque.

Nesse momento, Celeste percebeu os galanteios, gostou do seu sorriso maroto, sentiu-se atraída por ele e ficou com vontade de abraçá-lo, mas conteve-se. Ele concluiu:

— Portanto, agradeço por estar trabalhando com a gente.

— O senhor não pode imaginar quanto estou gostando! Agradeço suas considerações, que não mereço, pois é o meu primeiro trabalho fora de casa, como o senhor sabe — e, juntando coragem, prosseguiu: — Gosto das suas orientações, e sinto sua falta quando o senhor não aparece. Desculpe minha sinceridade, mas estou feliz! — O coração de Melquíades disparou. Será que isso era amor?

— Eu também sinto quando não posso vir ao escritório, gostaria de trabalhar sempre ao seu lado. Mas, mesmo distante, meus pensamentos estão sempre aqui. Acho que a senhorita foi a melhor escolha que fiz em toda a minha vida! — Ela não resistiu à sinceridade dele e, como era uma italiana forte e corajosa, pulou em seus braços. Ele aproveitou e a beijou, ela correspondeu com toda a sua alma; depois vieram outros beijos, quando, de repente, Constâncio entrou no recinto e pigarreou para chamar a atenção dos enamorados, que ficaram constrangidos e tentaram disfarçar arrumando alguns livros. Constâncio fez rapidamente o que tinha de fazer e retirou-se. Ela perguntou:

— E agora? O que será que ele vai pensar?

— Vai pensar que estou amando! — e a puxou para junto de si, dando-lhe outro beijo.

— Eu também estou amando, desde o dia em que o vi na festa de boas-vindas!

— Celeste, o que estou sentindo, desculpe não chamá-la de senhorita, nunca senti por ninguém. Estou apaixonado! Você é tudo na minha vida!

Celeste contou tudo para sua mãe, que ficou preocupada; disse-lhe que esse não era o comportamento de uma moça ajuizada, não queria que ninguém magoasse o coração da sua filha e, cheia de receios, explicou que aquele era um amor impossível — um homem rico não se casaria com uma simples camponesa, uma imigrante; mas não quis destruir o entusiasmo da filha, que estava amando.

Naquele mesmo dia, Melquíades, seguindo as regras da sociedade na época, apareceu para pedir a Antonio autorização para namorar Celeste. Na sala da casa estavam a moça, seus pais e o pretendente.

— Senhor Antonio, estou amando sua filha desde quando a conheci e gostaria de saber se o senhor autoriza nosso namoro.

— Senhor Melquíades, essa é uma situação difícil para resolver, pois existe entre nós uma grande diferença social; não quero o sofrimento da minha filha, que ainda é uma criança!

— Papai, já sou grande, cuido sozinha da casa e agora estou trabalhando no escritório — interrompeu Celeste.

— Filha, enquanto papai estiver falando, fique em silêncio! — repreendeu-a com energia.

— Senhor Antonio, tenho grande respeito por Celeste e seremos felizes se tivermos sua autorização.

O pai, temeroso, sabia que para essas coisas não tinha como proibir; nada segura o desejo que nasce do coração, portanto, não queria ficar divagando nem estabelecendo regras que poderiam não ser cumpridas pelo casal. Mesmo preocupado, autorizou o namoro:

— Senhor Melquíades, é o amor que move o mundo. Eu queria apenas pedir uma coisa: respeite minha filha e namore somente aqui em casa; não precisa ser aqui na sala, que nem cabem as cadeiras, pode ser no portão ou no quintal, mas namorem aqui em casa, sob nossos olhos. — Ao dizer isso, Antonio lembrou-se contrafeito de que ela trabalhava no escritório, longe de sua observação, desprotegida.

— Agradeço sua compreensão, senhor Antonio, e me comprometo a respeitá-la durante toda a minha vida.

Todos ficaram felizes com as ponderações de Antonio, e dona Santa serviu chá de camomila com bolacha de fubá. As crianças estavam na cozinha espreitando pelo vão da porta e vibraram com a alegria no rosto de Celeste.

CAPÍTULO 3

O PAI DE MELQUÍADES

Facundo Malaquias Mosqueteiro, proprietário da Fazenda Serra de Piracicaba, devido a sua idade e problemas de saúde, raramente transitava pela fazenda para acompanhar as plantações de café, e isso era bom, pois estava acostumado a tratar todos como escravos, indistintamente. Também não verificava os controles financeiros, esse era o papel que delegava a seu filho Melquíades, que havia decidido em sua juventude que não trabalharia com o pai, mas a vida mudaria seus projetos mais rápido do que imaginava.

Fora estudar Engenharia no Rio de Janeiro para se manter distante daquele homem de temperamento difícil, e achava que seu irmão mais novo, Abelardo, tomaria conta da fazenda, pois era o querido do papai, mas não foi o que aconteceu: seu irmão revelou-se incompetente e imaturo para administrar, obrigando-o a retornar após a conclusão do curso, em atendimento aos apelos da mãe e do próprio irmão, irresponsável, que fora morar na cidade. Avesso aos estudos e ao trabalho, envolvido com jogos, bebidas e mulheres, era mimado, protegido e sustentado pelo pai, que pagava, às escondidas, até mesmo as dívidas de jogo. Embora estas não fossem constantes, sempre apareciam de vez em quando.

Melquíades, apesar de trabalhador e respeitado pelas mudanças estratégicas que adotara e resultaram no crescente aumento na produção de café, estava temeroso para falar com o pai sobre seu namoro com Celeste, pois Facundo lhe prometera em casamento a Rigoleta, única herdeira da fazenda vizinha, tendo o objetivo de ampliar suas posses e dominar aquela região de terras férteis. Esse era o verdadeiro motivo de não haver se casado até aquele momento; negava-se a aceitar Rigoleta, apesar das exigências do pai, e não havia conhecido nenhuma outra moça que tocasse seu coração, até surgir a belíssima Celeste, e agora, tendo recebido a permissão de Antonio para namorá-la, não tinha como adiar essa notícia ao pai, mesmo sabendo que não conseguiria sua aprovação. Porém, era seu dever de filho informar o que estava fazendo com sua vida.

O pai reagiu como ele imaginava:

— Você não vai se casar com essa aproveitadora, pelo menos enquanto eu estiver vivo!

Sua mãe apoiava o marido:

— Filho, seu pai trabalhou durante toda a vida para construir o que temos, Rigoleta aguarda esperançosa por vários anos seu chamado, mantendo-se solteira, exatamente como seu pai combinou com o pai dela, e você não está cumprindo esse trato, ferindo assim gravemente a palavra de Facundo — implorou dona Filó.

— Mãe, por favor, não diga isso, estou amando, não tenho como explicar meus sentimentos. Desde o primeiro instante fiquei apaixonado por Celeste; quero ser feliz, não quero me casar com a mulher que meu pai escolheu para mim, isso é um absurdo.

— Não é absurdo, não. Com seus dons de administrador, de engenheiro, terá condições de ampliar significativamente nosso império, unindo as duas propriedades nessa região privilegiada.

— Mãe, a vida não é só negócios, temos que obedecer o que deseja nosso coração para sermos felizes. Não me considere um mau filho, estou apenas tentando viver o que pede minha alma.

Encerrada a discussão em família, Melquíades não teve coragem de comunicar à sua amada a decisão dos seus pais, mas a situação foi ficando difícil, e não apresentou Celeste aos seus genitores, esquivando-se dessa obrigação. Evitava tocar no assunto que o incomodava sobremaneira, mas um dia ela o questionou:

— Gostaria de conhecer seus pais, faz tempo que estamos namorando e não os conheço.

— Sabe, amor, meu pai está muito doente, minha mãe está cuidando dele, acho que agora não é o melhor momento, mas eles sabem do nosso namoro. Quando chegar a hora vou apresentá-la, não se preocupe.

A explicação não convenceu a dona do seu coração, que disse, com boas intenções:

— Se ele está doente, será uma boa oportunidade para visitá-lo.

— Celeste, meu amor, vamos esperar a sua recuperação, para que ele possa recebê-la sem constrangimentos, conversar normalmente, sem as dores que o incomodam — mentiu, e ela sabia que havia algo errado, intuição de mulher.

O namoro do casal apaixonado progredia numa velocidade preocupante. Melquíades, três vezes por semana, namorava Celeste no quintal de sua casa, às quintas-feiras, sábados e domingos. Eles se sentavam num banco de madeira feito por Antonio e ficavam até as 21 horas. No escritório, namoravam todos os dias úteis após o expediente, das dezessete às dezoito horas, sozinhos na sala do arquivo, após a saída dos funcionários, longe dos olhares dos curiosos, mas não dos comentários. Se bem que, devido à sua condição de proprietário, o falatório era velado, mas consideravam aqueles encontros íntimos um verdadeiro escândalo. A desculpa de Celeste para chegar em casa após as dezoito horas, com uma hora de atraso, era o volume de trabalho. Porém, mesmo com essas atitudes desaconselháveis, não negligenciava sua ajuda nas tarefas escolares dos irmãos, explicando as lições com paciência e dedicação.

Como o casal estava loucamente apaixonado, esses encontros resultaram no que se podia prever: a moça mais linda da fazenda ficou grávida, estava há mais de um mês sem a menstruação regular. Pode-se imaginar a situação desesperadora do casal em plena virada para o século XX. Melquíades, bem mais experiente e mais velho, tentava acalmá-la de todas as formas, sem sucesso:

— Fique tranquila, meu amor, vamos nos casar; o mais importante é o amor que nos une. Hoje mesmo falarei com seu pai. Vamos resolver nossa situação com calma! Nada de atropelos!

Celeste estava morrendo de medo, mas o filho do fazendeiro, chegando em sua casa, foi direto ao assunto:

— Senhor Antonio, quando começamos a namorar, viemos pedir sua autorização; hoje venho respeitosamente comunicar-lhe que precisamos casar o mais rápido possível. Peço desculpas pela pressa, mas o senhor não precisará se preocupar com nada, todas as despesas do casamento ficarão por minha conta, vou providenciar tudo — disse com visível nervosismo, e não precisava falar mais nada, a situação grave estava perfeitamente exposta no rosto do casal.

— Filha, é verdade que vocês precisam se casar com essa pressa? — perguntou Antonio, agressivo e decepcionado com o comportamento de Celeste.

— Me perdoe, papai, me perdoe! — e começou a soluçar, abraçada à sua mãe. Com aquelas lágrimas, acabava de revelar a vergonha que causara à família, a humilhação dos pais, o ato indigno e vergonhoso para aquela época.

Antonio tentou avançar sobre o fazendeiro para golpeá-lo, mas foi impedido por Santa. Mesmo assim, Melquíades desequilibrou-se e caiu sobre o próprio braço, machucando-se e ficando impossibilitado de levantar. Algumas das crianças ficaram mudas, outras gritavam sem entender nada, apavoradas com a situação terrível dentro da pequena sala. Antonio jurava que iria acabar com a vida daquele homem que desonrara sua filha, a jovem que era o apoio da família, dedicada à educação dos irmãos, exemplo de bondade, filha exemplar, agora atirada na lama por culpa de um namorado sem escrúpulos. Com muito custo, o fazendeiro levantou-se e foi para seu cavalo, ouvindo as ameaças e os xingamentos daquele pai ultrajado, ferido.

No dia seguinte ninguém teve condições de trabalhar naquela casa, só as crianças conseguiram dormir. Celeste, com forçada tranquilidade, explicou aos seus pais:

— Papai, mais uma vez peço o seu perdão, aconteceu o que a gente não esperava, mas com o meu casamento tudo ficará resolvido. Papai querido, se existe uma solução, não existe problema. Não podemos complicar o que pode ser resolvido da melhor maneira possível, com bom senso; sei que não deveria ser assim, mas aconteceu. Errei, mas vou consertar meu erro com o casamento. Melquíades é um bom homem.

— Não fale o nome desse sem-vergonha dentro desta casa! — respondeu Antonio.

— Mas é com ele que vou me casar, nós nos amamos, ele é o pai do meu filho.

— Se ele não se casar com você, procure outro lugar para morar; não vou carregar nas costas o problema dos outros. "Quem pariu Mateus que o embale"!

Santa procurou ajudar a filha:

— Antonio, se ela se casar, tudo estará bem, não precisamos brigar desse jeito. Não vamos cometer um erro para consertar outro erro. O casamento dará segurança a todos os envolvidos e eles terão a própria casa, com os recursos do marido. Vamos encarar a situação com o pensamento positivo, que tudo irá se encaminhar para o bem geral. No final das contas, uma criança será uma alegria, uma bênção em nossas vidas. Sempre foi assim e assim será! — Falou com tanta calma, que contagiou o coração preocupado de Antonio.

— Quero ver se ele vai assumir o que fez! — disse o pai, visivelmente abatido.

CAPÍTULO 4

A DECISÃO DE FACUNDO

Naquela manhã, o céu ficou nublado, prometendo fortes chuvas de verão, apesar dos ventos vigorosos que levantavam as folhas das árvores, sem diminuir o calor que abrasava a cidade.

Não havia na fazenda quem não soubesse da gravidez de Celeste, a família Pepilanetto estava sendo vítima de comentários depreciativos, maldosos. Naquela época mulher tinha que casar virgem, moça grávida e solteira era rejeitada pela sociedade, era a vergonha da família. Penalizado com o constrangimento de sua amada diante daquela situação, Melquíades não teve outra saída: precisou enfrentar o pai, informá-lo das últimas notícias e definir os preparativos do casório, com o qual o pai, querendo ou não, teria que concordar, pois a situação requeria urgência; havia uma criança a caminho e a reputação de uma jovem estava em jogo.

— Eu tinha certeza de que isso iria acontecer mais cedo ou mais tarde. Chama-se "golpe da barriga". Só você não sabia que, mais dia, menos dia, isso iria acontecer; todos aguardavam esse desfecho — disse Facundo, espumando de raiva.

— Pai, não diga isso, o senhor não conhece minha futura esposa e sua família, são pessoas de bem e ficaram igualmente indignadas com o ocorrido, devido ao erro que cometemos. Ninguém gosta de casar às pressas. Quase fui agredido pelo pai dela, que ficou revoltado com o que fizemos!

O velho deu violenta gargalhada e gritou colérico:

— Filho idiota e ignorante! Indignação! Tentativa de agressão! Trata-se de teatro, encenação de interpretação grosseira! O teatro começou na Grécia, depois desenvolveu-se em Roma, na Itália, que é o lugar de onde eles vieram. Raciocine! Não seja tolo! Todas, eu disse todas as mulheres desta fazenda queriam estar no lugar dela, sem nenhuma exceção. E você, homem que eu julgava experiente, caiu como um bobo! Não vou permitir esse casamento! Podem fazer o teatro que quiserem. Você é burro, eu não sou!

— Pai, eu amo essa mulher, ela é tudo para mim!

— Você pensa que ama, porque é um imbecil; está sendo enganado e acha que está tirando partido disso. Não vou permitir seu casamento! Fui claro? — disse aos berros.

— O que vou fazer agora? Ela está grávida!

— Eu o avisei! Cuidado com essa gente! Vão acabar pegando tudo o que você tem! Quer saber de uma coisa? Não precisa se casar! Para que se casar? Ponha ela numa casa, dê um pouco de dinheiro e a visite de vez em quando, para isso não precisa de documento nem de contrato. Não deixe faltar dinheiro para a criança e tudo estará resolvido!

— Não diga isso, pai! Meu filho nascerá num lar dignamente constituído! Hoje a união dos casais deve ser registrada em cartório[1], para a segurança do casal! Nem o registro na igreja é suficiente.

— E qual o problema disso? Você sabe quantos filhos tive com as escravas da fazenda? Vários! Sua mãe sabe disso, ela pode contar! Por acaso me casei com elas? Não! Não precisa casar! Nenhuma dessas crianças morreu e todas foram vendidas com bom lucro. Ninguém morre por isso, seu ignorante! Casamento é criação da igreja para ganhar dinheiro e agora o governo quer ganhar dinheiro também; ninguém faz casamento de graça, mas, repito, você não é obrigado a se casar!

— Pai, não confunda minha esposa com suas escravas, respeite minha mulher! E o senhor sabe que sem o cartório não darei nenhuma segurança para meu filho.

— Você disse *meu filho*? Você sabe se você é o pai? Se ele ficar com sua cara, posso até acreditar, mas, se ficar diferente de você, pode se preparar que virão outros filhos totalmente diferentes um do outro! Acorde, Melquíades! Essa mulher está

---

1 No dia 24 de janeiro de 1890, foi promulgado pelo marechal Deodoro da Fonseca, chefe do governo provisório da então República dos Estados Unidos do Brasil, pelo Decreto n. 181, o casamento civil no país; os casais poderiam selar sua união com o registro em cartório.

interessada no seu patrimônio, na sua fazenda, na sua riqueza. Ela planejou tudo, e o casamento é a conclusão do golpe, terá direito aos seus bens, estará vinculada juridicamente a você enquanto forem vivos!

— Não é ela que quer se casar, sou eu que quero me casar, viver com ela, cuidar dela e do nosso filho. Eu a amo com todas as minhas forças, amo meu filho antes de ele nascer. E quero me casar o mais rápido possível!

— Não permitirei! Se você fizer isso vou excluí-lo do testamento, você ficará mais pobre do que ela, vou excluí-lo por comportamento indigno, por agir de má-fé e desrespeitar minhas vontades, por atitude imoral, que é exatamente o que você está fazendo.

— O senhor está sendo injusto comigo!

— E você está sendo injusto comigo também, me desrespeitando, me desobedecendo! Aliás, você está me desobedecendo desde quando recusou-se a casar com Rigoleta! Poderíamos estar com uma área de terra cinco vezes maior! Filho ingrato e infiel! Não quero esse casamento. Quero seu casamento com Rigoleta! Quem é que manda aqui? Obedeça! E agora suma, desapareça, que me cansei de você!

O pai o agrediu profundamente, nunca tinha sido ofendido daquela forma, com ameaças que poderiam levá-lo à miséria. Melquíades ficou seriamente preocupado. "Será que ele vai me tirar do testamento? Como sustentarei minha família sem os recursos que a fazenda oferece? Como educarei meu filho e lhe darei um bom futuro?" Pensava nessas questões e começou a se sentir inseguro e com medo. Trocar toda aquela riqueza por Celeste, o amor de sua vida? Será que seria uma boa decisão?

Será que um casamento era tão importante assim na vida da gente? Será que ele não estava sendo precipitado? Poderia selar a união com Celeste após a morte do pai, pensava. Mas a situação era outra, precisava decidir com rapidez; ponderou bastante e resolveu desistir do cartório, foi procurar o padre Bustamante Pedreira de Souza, para encomendar o casamento apenas na igreja.

— Já sei de tudo o que aconteceu e preciso alertá-lo de que a senhorita Celeste não poderá se casar com vestido branco, pois ela não é pura, e o branco é sinal de pureza. Pode usar qualquer cor, menos o branco!

— Mas padre Bustamante... Por que essa exigência boba? Acredito que o sonho de toda a mulher é casar-se de branco!

— Quando ela é pura é um pedido justo, mas não é o caso dela, que pecou.

— Quer dizer que ter filho é pecado?

— Antes do casamento, sim; o filho não tem culpa, não é o filho que é impuro, são os pais que pecaram, não foram abençoados por Deus com a devida antecedência, fizeram a união da carne sem a permissão divina.

— E se me casar agora?

— Tudo estará resolvido após seu arrependimento e pagamento da penitência.

— O que é isso?

— Se você se arrepender do pecado cometido, fizer sua confissão, pagar uma taxa de penitência para ser absolvido do pecado de engravidar uma mulher solteira, além da taxa do casamento religioso; são duas taxas distintas. Somente após essa condição sua mulher tornar-se-á pura e poderá se casar de branco. — Ouviu tudo e ficou tranquilo, pois poderia pagar o que fosse preciso, agora o negócio era convencê-la a se casar pelo menos na igreja.

Mas, apesar da solução apresentada pelo padre, Melquíades começou a se preocupar com o seu futuro. As ameaças do pai, que não queria o casamento, o torturavam; as consequências negativas em seu patrimônio seriam fatais, e foi procurar a amada para tentar convencê-la dos novos planos em relação ao casório. Enquanto conversavam na sala do arquivo, Constâncio permanecia em sua mesa encerrando um trabalho que requeria urgência. Os noivos abraçaram-se demoradamente e deixaram que as lágrimas mostrassem a tensão que os invadia. Nervoso, o filho do fazendeiro falou abertamente, sem delongas:

— Celeste, falei com meu pai e ele está irredutível, não aceita nosso casamento, fez até ameaças de me tirar do testamento, meu irmão e minha mãe serão os únicos herdeiros.

— Ele não quer que a gente se case?

— Meu amor, quero que você saiba que não concordo com ele!

— Com o que você não concorda? Com a proibição do casamento ou com o testamento sem você?

— As duas coisas nos prejudicam muito... — Ela o interrompeu:

— Somente a proibição de nosso casamento é que nos prejudica! Não quero bens, sempre fui muito feliz até hoje vivendo como vivo, sem fartura, sem riquezas, mas com muito amor, portanto não queria magoar meus pais permanecendo solteira, eles consideram uma desonra para a família, não aceitam minha situação; se não me casar, não poderei continuar morando na fazenda, já tenho ouvido muitos comentários caluniosos a meu respeito. Quanto ao testamento, será uma decisão que você deve resolver, mesmo porque seus bens não me pertencem, nem os quero. — Ela foi muito clara e via que Melquíades estava titubeante, inseguro, pensando em suas propriedades, em sua riqueza.

— Celeste, quero explicar que o casamento no religioso é tão bom quanto o casamento no cartório. Pensei em casarmos na igreja, teremos apenas uma certidão emitida pelo padre, não é como no registro civil, mas tem o seu valor; acredito que se fizermos dessa forma meu pai poderá aceitar e vamos calar os maledicentes.

— Melquíades, nosso erro está provocando em mim um sofrimento profundo que não estou conseguindo suportar. Se arrependimento matasse, estaria morta, mas penso em nosso filho que está a caminho e isso me dá forças para enfrentar os maldosos. Minha mãe, meu pai e eu somos católicos, mas meu pai não aceita o casamento unicamente na igreja como você quer, diz que não dá segurança alguma, principalmente no meu caso, que estou sendo considerada uma intrusa na sua família, uma aproveitadora. Meu pai exige que o casamento seja no registro civil, para nossa segurança e dos nossos filhos. O que fizemos foi um escândalo para meus pais e para toda a fazenda, mas não quero cobrar nada de você, faremos apenas o que for possível ser feito. Não quero magoar mais ainda minha mãe, nem quero colocar seu pai contra você. Também não quero que você viva infeliz, preocupado com o futuro sem a sua parte na herança. Tenho que pensar bem antes de decidir.

Da mesa onde estava, mesmo sem ver o casal, Constâncio ouvia tudo e estava admirado com a argumentação da linda jovem.

— Você sabe que o amo, e agora ainda mais, pois trago em meu ventre nosso filho, mas não temos o direito de fazer ninguém sofrer, precisamos reparar nosso erro com cautela, sem ferir ninguém. — Melquíades não conhecia a grandeza espiritual da sua amada, e também estava surpreso com suas sábias considerações.

— Celeste, meu amor, você tem razão, e percebo aos poucos que nosso amor é impossível devido aos obstáculos que precisamos transpor. — Tentou abraçá-la, mas ela o afastou quando ele declarou que era um amor impossível.

Nisso, a porta do escritório se abriu, e Facundo, com dificuldade de locomoção, apoiado numa bengala e amparado por sua esposa, adentrou o ambiente e, antes de falar o que pensava, ficou alguns segundos admirando a beleza da jovem, que ele ainda não conhecia. Seus belos olhos de um azul profundo, como nunca tinha visto, pareciam os olhos de um anjo, apesar de profundamente tristes. Ele disse:

— Moça, agora que vocês fizeram a burrada, cada um deve seguir seu caminho, pois já avisei ao meu filho que não aprovo o casamento de vocês! E se ele se casar, não importa de que maneira, vou renegá-lo como filho; esse negócio de gravidez não é o fim do mundo, você pode ter esse filho na sua casa e o Melquíades, se for o pai, poderá visitá-lo e ajudar em tudo o que for preciso, como se fossem casados. O que não podemos é complicar a situação; temos que simplificar, resolver... — e foi interrompido pelo filho:

— Pai, pare! Já disse que vou me casar com ela na igreja! Eu a amo! Não interfira em nossa vida. Só queremos casar e ser felizes, só isso.

— Casamento, não! Já disse e repito: casamento, não! — falou Facundo aos gritos, convicto de sua decisão.

Melquíades, assustado, permaneceu mudo diante do pai.

Celeste começou a chorar, sentiu-se totalmente sozinha, ofendida e sem defesa. Virou-se e saiu correndo para sua casa sem olhar para trás, para ela o assunto estava claro e decidido.

CAPÍTULO 5

OS PLANOS DE CELESTE

Celeste comunicou a seus pais que não se casaria e explicou rapidamente os motivos. A decepção e a tristeza abalaram todos daquela casa simples. Não havia como ela continuar na fazenda na situação em que se encontrava, seria uma desonra para a família a presença de uma mãe solteira, e ela continuaria sendo vítima da maledicência, dos olhares maldosos e da reprovação de um grande número de pessoas. Por esse motivo, comunicou que se mudaria para a cidade de Ribeirão

Preto, onde procuraria um emprego para viver uma nova vida, solteira e com seu filho. Seus irmãos se abraçaram a ela e pediam chorando que não fosse, mas não tinham condições de avaliar as consequências do ato grave cometido, não entendiam o comportamento agressivo do pai, que concordava com Celeste, dizendo que ela deveria sair mesmo e seguir a própria vida em virtude do que fizera.

Naquela noite, sua irmãzinha Dosolice, que acompanhara sem compreender o desespero e o sofrimento de todos da casa, as lágrimas de sua mãe, de Celeste, que não parava de chorar e que também era uma mãe para ela, resolveu fazer um apelo aflito a Deus, como havia aprendido:

— Pai nosso que estás no Céu, socorre minha família, não deixe a Celeste sofrer como está sofrendo, faça com que a mamãe pare de chorar, que meus irmãos não fiquem tristes, que a Celeste, a mamãe e o papai sejam felizes, que meus irmãos também não chorem. Abençoe, Senhor, nossa casa, não quero ver ninguém triste, não quero ver ninguém desesperado; ajude, Senhor, a todos nós! Amém! — Terminou a prece com as lágrimas escorrendo pelo seu lindo rosto angelical e dormiu profundamente.

Sua oração subiu aos céus como um raio de luz, foi recebida e registrada, como são todas as preces, e, como Dosolice havia sido moradora da Colônia Alvorada Nova[1], seu pedido foi diretamente encaminhado aos dirigentes espirituais daquela colônia, que escolheram o irmão Jacob para atender aquele núcleo familiar, acompanhado de uma equipe de Espíritos

---

1 Essa colônia está descrita no livro Alvorada Nova, de Abel Glaser, lançado em 1992 pela editora O Clarim. O coordenador-geral dessa cidade espiritual é Cairbar Schutel.

socorristas[2]. Antes de reencarnar, Dosolice, alma generosa, havia trabalhado naquela colônia, onde fez amigos e beneficiou muitos Espíritos necessitados e aflitos como ela agora. Naquela mesma noite, a equipe socorrista que fora designada adentrou aquela casa simples e avaliou o sofrimento e a dor de cada um, estudaram bem o caso da família e desenvolveram um plano de ação com o protetor espiritual de Celeste, depois aplicaram passes espirituais para que todos tivessem um sono profundo para recuperação das energias e fortalecimento dos centros vitais. Durante o sono, Celeste foi retirada do corpo para ouvir diretamente as orientações dos amigos espirituais:

— Querida irmã, faremos o melhor de nós para ampará-la, estaremos sempre ao seu lado para protegê-la das energias negativas emitidas por irmãos iludidos e invejosos; mantenha-se calma, Jesus está conosco! — Jacob colocou a destra sobre sua fronte e ela continuou dormindo profundamente.

Antes dos primeiros raios da manhã, Celeste despertou com disposição e estranhou não estar nervosa como na noite anterior. Sentia-se segura e confiante, lembrando-se de que tinha sonhado com um anjo todo de branco, que viera socorrê-la. Preparou o café, vestiu-se, acompanhou a saída de seu pai para a lavoura, deu um beijo em sua mãe, que estava na direção da casa enquanto seus irmãos dormiam, e retirou-se tranquila para o escritório com o roteiro das decisões que tomaria. Procurou seu chefe e, sem maiores explicações, mesmo porque ele sabia de tudo, pediu sua demissão imediata. Constâncio a abraçou,

---

2 Questão 660: "A prece torna o homem melhor? Resposta: Sim, porque aquele que ora com fervor e confiança é mais forte contra as tentações do mal e Deus lhe envia os bons Espíritos para o assistir. É um socorro que não é jamais recusado, quando pedido com antecedência" (*O Livro dos Espíritos*, de Allan Kardec).

penalizado com a situação que ela estava vivenciando, e, a princípio, recusou-se a aceitar seu pedido, mas, após as justas considerações, concordou que aquele era o melhor caminho. Seu projeto era sair dali, procurar emprego na cidade, ficar longe da fazenda para não macular a honra da família nem piorar o relacionamento de Melquíades com o pai. Ele pediu que ela voltasse no dia seguinte para receber o saldo do salário.

Alguns daqueles Espíritos da equipe designada para ampará-la permaneceram no ambiente, procurando direcionar os pensamentos do chefe por intermédio da intuição. "Pense", dizia um dos Espíritos mentalmente para Constâncio, "se ela fosse sua filha, o que você faria? Coloque-se no lugar dela. Você não pode permitir que ela seja prejudicada dessa maneira, ela precisa da sua ajuda". Constâncio recebia as mensagens como se fossem pensamentos seus e reagiu prontamente[3]. Fez extensa carta para um amigo de Ribeirão Preto, diretor de uma empresa responsável pela manutenção da Estrada de Ferro Mogiana, que estava em crescente expansão, detalhando as qualidades profissionais de Celeste, como se ela fosse realmente sua filha. Depois de concluído o relatório detalhado, conforme ditavam os Espíritos[4], recebeu o abraço afetuoso pela boa ação que praticou e sentiu as elevadas vibrações da equipe do irmão Jacob. Não conseguiu conter as lágrimas, julgando que a emoção que

---

3 Questão 459: "Os Espíritos influem sobre os nossos pensamentos e as nossas ações? Resposta: A esse respeito sua influência é maior do que credes, porque, frequentemente, são eles que vos dirigem" (*O Livro dos Espíritos*, de Allan Kardec). 4 Questão 462, comentário de Allan Kardec: "Se fosse útil que pudéssemos distinguir claramente nossos próprios pensamentos daqueles que nos são sugeridos, Deus nos teria dado o meio, como Ele nos deu o de distinguir o dia da noite. Quando uma coisa é vaga, é que assim deve ser para o bem" (*O Livro dos Espíritos*, de Allan Kardec).

o havia tocado era porque gostava muito de Celeste e imaginava o desespero pelo qual passava aquela jovem que estava esperando um bebê, desamparada pelo pretendente que poderia ajudá-la, sem destino certo, vítima da maledicência das pessoas, cujo sofrimento era extensivo a toda a família. Quando ela chegou, disse:

— Celeste, minha filha, você foi excelente funcionária e sinto muito em perdê-la, mas compreendo sua atitude. Tomei a liberdade de escrever para um amigo relatando seu caso e pedindo emprego para você; o portador entregará esse envelope ainda hoje, peço que aguarde em sua casa, eu a avisarei.

Constâncio recebeu a resposta no dia seguinte pela manhã e novamente se emocionou. Celeste acorreu prontamente ao seu chamado e ele ficou feliz com a felicidade dela.

— Você deve ir para a cidade, que meu amigo a está aguardando para um trabalho importante; espero que goste do serviço que ele irá oferecer. Providenciei para amanhã cedo a charrete que irá conduzi-la. Aqui neste envelope está seu salário deste mês com os acréscimos que você merece. Aqui neste outro envelope está o montante para você viver na cidade até o recebimento do primeiro pagamento. Meu amigo sugere que você fique na pensão da dona Marta, onde ele hospeda os funcionários que chegam de São Paulo. Depois que você trabalhou em todos os departamentos do nosso escritório, acho que tem condições de assumir esse trabalho; desejo a você e a seu filho muito sucesso! Se precisar de um pai brasileiro, pode me procurar que estarei às ordens — disse sorrindo.

Celeste não teve palavras para agradecer, somente lágrimas de felicidade pela ajuda que estava recebendo. Os Espíritos também se regozijaram, inclusive aqueles que influenciaram o diretor da empresa de Ribeirão Preto para que ela fosse aceita apenas com as informações de Constâncio. Enquanto isso, outros tentavam amenizar a tristeza profunda que reinava no lar com a partida dela.

Logo após chegar em casa, feliz com o amparo grandioso que recebera, Celeste escutou um barulho de cavalo na porta de casa; era Melquíades, que, sem descer do animal, veio despedir-se, mas ela não se entusiasmou como de outras vezes:

— Meu amor, me perdoe! Nosso casamento foi impossível, mas nosso amor será eterno! Nosso filho será a lembrança desse amor! Gostaria de ir com você a Ribeirão Preto, mas com os compromissos que tenho não poderei acompanhá-la.

Celeste estranhou estar diferente em relação a ele, não estava sentindo aqueles arroubos de paixão como outrora; estava mais tranquila e respondeu com sinceridade:

— Estarei esperando quando você quiser aparecer. Desejo de todo o meu coração que você seja feliz! Até outro dia! — Entrou e fechou a porta. Seu amado ficou ainda alguns instantes olhando, na esperança de que ela voltasse. Como ela não retornou, deu meia-volta e desapareceu no horizonte inspecionando orgulhoso as terras que um dia seriam de sua propriedade.

Às seis horas da manhã, a charrete desconfortável saiu daquela casa simples da colônia dos italianos, deixando sofrimento e dor. A jovem de Pádova trazia uma pequena sacola de roupas e o coração despedaçado pelos caminhos que a vida tomara: separação difícil dos entes queridos, decepção com o amor de sua vida, casamento cancelado, mudança de cidade, filho a caminho, incerteza em relação ao futuro. O balanço da charrete acompanhava seu choro incontrolado, suas mágoas, sua dor profunda, e a cada solavanco nos buracos da estrada de terra sentia uma leve torção no ventre com cólicas que não cessavam. Colocou a mão sobre a barriga como querendo proteger seu filho e, instintivamente, inclinou-se e fez sinal para que o sr. João, o cocheiro, fosse mais devagar. Foi invadida por repentino mal-estar e lapsos de tontura que fizeram daquela viagem uma eternidade.

Irmão Jacob dividiu a equipe em duas partes, uma ficou com a família Pepilanetto na fazenda, tranquilizando os familiares, transmitindo passes espirituais para que se acalmassem e tivessem bom ânimo, pois aquela dor era passageira e tudo iria se resolver. Alguns dos familiares conseguiram captar bem as orientações e se mostravam dispostos, mais fortalecidos, confiantes; outros ainda permaneciam chorando desesperados, mas a melhora de uns contagiava os outros e, dentro de pouco tempo, a família estava bem, sob o controle espiritual dos Espíritos bons.

As boas vibrações que os Espíritos produziam naquele ambiente limpavam os miasmas que ainda restavam. A outra equipe acompanhou a doce italianinha até a cidade e percebeu quando seu organismo começou a reagir com os solavancos da charrete. Irmão Jacob colocou a mão sobre o ventre da jovem e constatou que o fluxo sanguíneo estava se normalizando. Com recursos espirituais, estimulou a descamação do endométrio para que ocorresse a normalização da menstruação, programada para ocorrer quando ela estivesse recolhida em seus aposentos, pois não estava grávida; houvera apenas atraso devido ao estresse, um período de nervosismo por causa de preocupações e acúmulo de trabalho, que a levaram a supor que estivesse gerando um filho.

Chegando à pensão da dona Marta, perceberam sua palidez e a levaram direto para o quarto a fim de repousar e recuperar-se da viagem curta, mas cansativa. Ela tomou apenas uma sopa deliciosa preparada pela dona da pensão, que disse atenciosa:

— Você precisa descansar e cuidar-se; fui informada de que está grávida e nessas condições todo cuidado é pouco.

— Estava grávida, dona Marta! Perdi meu filho nos solavancos da charrete! — e começou a chorar, lastimando mais essa desgraça.

— Verdade? Então dê graças a Deus. Já imaginou como seria sua vida aqui em Ribeirão, sozinha, trabalhando e com um filho nos braços? Como seria possível?

Ela ouviu aquela informação e não gostou, depois começou a raciocinar e viu que dona Marta tinha razão.

CAPÍTULO 6

NA CIDADE DE RIBEIRÃO PRETO

Apesar da linda manhã, e da sombra das árvores e de algumas trepadeiras floridas que enfeitavam a entrada das casas daquela rua aprazível, o sol já estava forte e impiedoso. Celeste ficou impressionada com a grandiosidade da cidade chamada de "*petit* Paris" do Brasil, que era luxuosa, *belle époque*, cheia de entretenimentos. Depois de observar a beleza da rua onde estava, apresentou-se pontualmente na portaria do prédio majestoso que ficava de frente para a principal praça da cidade e lembrava os edifícios ingleses. Foi recebida por Eduardo da Gama, diretor da empresa, amigo de Constâncio.

— Muito bom dia, senhora Celeste!

Ela sorriu e esclareceu:

— Senhorita, por favor — e cumprimentaram-se.

— Senhorita Celeste, meu amigo Constâncio, nesta extensa carta de apresentação, a considera uma filha e lhe faz muitos elogios, inclusive disse que a senhorita está esperando um bebê.

— Não estou grávida, foi um lamentável engano. — Não iria explicar o que realmente acontecera.

— Boas notícias! Assim poderemos aproveitá-la em tempo integral; não haverá pausas para o parto — e riu com simpatia, impressionado com a beleza e a espontaneidade da jovem. — Vamos ao que nos interessa: o que eu precisaria saber numa entrevista profissional está bem detalhado nesta carta de apresentação, portanto não vou perguntar o que já sei. Precisamos com urgência de uma pessoa para cuidar do departamento financeiro, devido aos altos investimentos dos ingleses na expansão das linhas férreas na cidade e na região; meu amigo falou da sua experiência profissional. A pessoa responsável por essa área foi transferida, preciso que a senhorita comece imediatamente.

— Senhor Eduardo, estou preparada para início imediato — disse com segurança.

— A senhorita poderá ficar até dois meses na pensão por nossa conta, tempo suficiente para alugar uma casa e mudar-se.

— Falou então das regras da empresa, do horário de trabalho, da obrigatoriedade do uniforme e do salário inicial. Quando falou o salário inicial, Celeste quase caiu da cadeira; era mais do que o dobro do que recebia na fazenda e não pôde esconder o sorriso de satisfação. — A senhorita se reportará a mim, que serei seu chefe imediato, e lembre-se: tudo o que ocorre numa empresa é estritamente confidencial, requer sigilo absoluto.

— Pode confiar em mim, senhor, estou preparada para o trabalho e feliz com essa oportunidade.

— A senhorita tem as qualidades de que precisamos, por isso lhe desejo sucesso e, se me permite, tomo a liberdade de lhe dar um conselho: esqueça o passado; vida nova daqui pra frente. A senhorita tem condições de progredir em nossa empresa e precisamos de alguém com dedicação plena!

— Muito obrigada, senhor Eduardo, vou me esforçar para não decepcionar quanto às informações do senhor Constâncio. Muito obrigada pela confiança que o senhor está depositando em mim!

— Então, vamos ao trabalho!

Enquanto isso, a equipe de Espíritos caridosos continuava com os familiares de Celeste na fazenda, procurando, de todas as formas possíveis, proteger o lar dos pensamentos negativos emitidos por aqueles que comentavam maldosamente sobre a gravidez da filha de Antonio. Durante o sono, Celeste recebia orientações dos Espíritos para que se mantivesse firme, somente considerações positivas: "dedicação firme ao trabalho; Jesus está conosco sempre, não há o que temer!". Acordava renovada.

Um mês depois, Eduardo da Gama trouxe um funcionário da empresa para auxiliá-la na procura de uma casa. Depois da consulta a alguns imóveis, escolheu uma casa maior que a da fazenda, localizada próximo ao escritório e a apenas dois quarteirões do Grupo Escolar onde estudavam seus irmãos. Ficou feliz com o valor do aluguel; daria para trazer sua família para Ribeirão Preto e atender às despesas de manutenção da casa. Enquanto pensava nessas providências, seu chefe a chamou para seu gabinete:

— Tenho trocado correspondências com Constâncio e ele me disse que seu pai trabalha na roça. Será que ele aceitaria trabalhar aqui na cidade num depósito de secos e molhados, próximo ao Mercado Municipal? Assim vocês poderão ficar juntos.

Com lágrimas nos olhos diante da possibilidade de unir-se à família, Celeste respondeu com segurança profissional:

— Agora que já me situei nas funções a mim atribuídas, vou escrever uma carta para o senhor Constâncio, meu pai brasileiro, dando notícias e agradecendo pelo bem que me fez e continua fazendo. Somente Deus poderá recompensá-lo! — Eduardo riu e pensou: "Meu Deus, como essa moça é linda!" Sentiu que estava gostando dela mais rápido do que achava ser possível.

— Isso mesmo, escreva! Quanto ao convite para o seu pai, se a senhorita permitir, eu mesmo posso convidá-lo, ou a senhorita gostaria de fazê-lo?

— Acho oportuno o senhor convidá-lo. Esse armazém que o senhor diz é nosso? Não é aquele perto da estação?

— Sim, foi um dos primeiros investimentos da empresa, e precisamos de alguém para trabalhar como auxiliar no controle dos estoques, no almoxarifado; pensei em seu pai. Mais uma coisa, senhorita Celeste: Constâncio não sabe da sua real situação, pois perguntou se está tudo bem com sua gravidez.

— O senhor Constâncio é o meu paizão! — e emocionou-se.

— Vou contar tudo, acho que vai ficar feliz!

Eduardo fazia qualquer coisa para despertar o sorriso daquela jovem inteligente, e não era só o sorriso que o cativava; ela era elegante, graciosa, simpática, e seu leve sotaque italiano lhe dava um charme especial.

Controlar os estoques era uma função importante e requeria alguém de confiança num dos maiores armazéns da cidade, e o salário oferecido era muito bom, superior ao da fazenda, mas inferior ao da filha.

Dois meses depois, a família Pepilanetto estava reunida na casa da rua das Flores. Depois de dias de tormento e aflição, pai e filha se abraçaram e se perdoaram, para a felicidade de todos! Irmão Jacob reuniu a equipe espiritual que estava sob sua direção e fizeram uma prece de agradecimento a Deus pelo encerramento dos trabalhos, quando um dos Espíritos socorristas perguntou:

— Não vai ficar ninguém com eles?

— Esqueceu-se de que cada um de nós tem um protetor espiritual[1]? E dentro de pouco tempo receberão boa orientação; você não notou a localização da casa onde moram? Estão ao lado da Casa de Oração do senhor Juvenal, médium de amplos recursos que logo irão conhecer.

---

1 Questão 491: "Qual a missão do Espírito protetor? Resposta: A de um pai sobre seus filhos: guiar seu protegido no bom caminho, ajudá-lo com seus conselhos, consolar suas aflições, sustentar sua coragem nas provas da vida" (*O Livro dos Espíritos*, de Allan Kardec).

— Sim, mas acho que algum de nós poderia ficar junto dessa família; "peguei" amor por eles.

— Todos nós "pegamos" amor por cada um deles. Você poderá visitá-los sempre que for possível, mas não se esqueça de que viemos para um trabalho especial, a pedido da nossa querida Dosolice, que foi nossa companheira por muitos anos na Colônia Alvorada Nova. Tivemos permissão para atender seus pedidos por méritos que ela acumulou e devido às necessidades desta família de imigrantes, que precisava de ajuda com urgência. Agora precisam aprender a andar com as próprias pernas, e nós, integrantes de uma equipe de socorro, continuaremos a postos. Estamos à disposição de todos os que sofrem, que estão sobrecarregados e aflitos, conforme os ensinamentos de Jesus. Ah! Se nossos irmãos na Terra conhecessem nosso trabalho, fariam uso contínuo da prece[2] e viveriam mais tranquilos. Estamos aqui para servir, para fazer o bem de acordo com as necessidades de cada um! E agora vamos voltar à colônia que outros casos nos esperam, vamos trabalhar com Jesus, suavizando as dores na Terra! — e um facho de luz singrou o céu, identificando aquela equipe de Espíritos responsáveis pelo atendimento de todos os que oram e pedem a ajuda dos Anjos do Senhor.

---

[2] "Vinde a mim, todos vós que sofreis e que estais sobrecarregados, e eu vos aliviarei" (palavras de Jesus; Mateus, cap. XI, 28).

Apesar de estar com as responsabilidades restritas apenas ao departamento financeiro da empresa, Celeste tinha conhecimentos de outras áreas devido ao treinamento que tivera no escritório da fazenda. Após alguns meses, seu chefe estava admirado com seu progresso profissional, sempre estimulado pelas recomendações do guarda-livros. Era segura, enérgica quando necessário, simpática e extrovertida. Mas, se essa admiração estivesse circunscrita apenas ao âmbito profissional, tudo bem. Porém, não era só isso; Eduardo estava enamorando-se dela, não conseguia controlar-se e procurava fazer o que fosse possível para beneficiá-la. Ela percebia e sentia a mesma atração por ele, mas lutava contra os impulsos da sua alma, traumatizada com o relacionamento anterior; tinha medo de se envolver em outra experiência desastrosa que poderia comprometer seu emprego.

Na reunião seguinte com os acionistas, dentro de alguns meses, Eduardo proporia que ela fosse promovida para o cargo de gerente, com mais responsabilidades e maior remuneração. Seria uma proposta difícil, pois se tratava de uma jovem mulher, e mulher não tinha valor entre os homens, principalmente em questões empresariais. Mas o que não faz um coração apaixonado?

Celeste conhecia todos os departamentos da empresa e expandia sua liderança, pois seus colegas admiravam seu trabalho, suas decisões, tudo isso ligado ao fato de que não viam nela uma concorrente, e sim uma aliada. Estava sempre ajudando com humildade e espírito de colaboração, resolvendo as questões que surgiam e que poderiam travar o funcionamento da organização, e ainda arrumava tempo todas as noites para acompanhar em casa os trabalhos escolares dos seus irmãos e as questões profissionais de seu pai.

Naquela tranquila manhã de outono, sua secretária a procurou e disse:

— Dona Celeste, está na portaria do prédio o senhor Melquíades, que gostaria de falar com a senhora. — Ela estremeceu. "O que será que ele quer?" Pensou um pouco e respondeu: — Peça que volte após o almoço, estou ocupada agora. — Não estava ocupada, mas assustara-se; queria um tempo para estudar como deveria recebê-lo, e que ele esperasse, pois não fora avisada com antecedência, tinha muitas ocupações e não estava ali à disposição dele, pensava.

Melquíades retornou após o almoço e, depois de quase duas horas de espera, não parecia o mesmo; estava inseguro, com olhar assustado, sentado na poltrona da recepção, quando a secretária anunciou:

— Pode entrar, senhor — e o acompanhou até a sala de reuniões no final do corredor.

Ele observou o luxo do ambiente, sentou-se numa das cadeiras da imensa mesa de reuniões e aguardou mais quinze minutos, que foram suficientes para que pudesse refletir sobre o que havia feito da sua vida até aquele momento, suas promessas de amor, a gravidez e depois o distanciamento com frieza. Não havia se importado com o desespero de uma jovem mãe solteira que fora trocada pela fortuna do pai.

— Boa tarde, senhor Melquíades! Desculpe-me a demora, sou muito ocupada — respondeu com sinceridade. Ele se levantou, forçou um sorriso e veio ao encontro dela.

— Boa tarde, meu amor — e fez menção de beijá-la. Ela, contudo, estendeu a mão, mantendo-o à distância, e cumprimentou-o com a seriedade necessária:

— Não sou seu amor. Se fosse, o senhor não demoraria tanto tempo para me visitar, para saber pelo menos o resultado da minha gravidez. — Não ofereceu água nem café, como ditavam as normas da empresa.

— Fiquei sabendo que você... — Foi interrompido por ela:

— Por favor, é senhorita!

— Então, fiquei sabendo que a senhorita tinha perdido nosso filho e estava bem, mas não pude vir, estive muito ocupado com as questões da fazenda.

— Ou seu pai não deixou?

— Aliás, é sobre isso que quero lhe falar; meu pai precisa marcar um dia para uma reunião com a senhorita.

— Qual o assunto?

— Sobre o empréstimo que fizemos para a Fazenda Serra de Piracicaba! Meu pai está preocupado com o pagamento da primeira parcela; como ele fez o empréstimo, deve conduzir o assunto. Meu pai é nervoso, como a senhorita sabe, mas é um homem bom.

— Hortência, por favor — Celeste chamou a secretária e falou: — Veja qual horário tenho disponível para a próxima semana.

— Nenhum horário, dona Celeste — respondeu, enquanto folheava a agenda de capa de couro.

— Senhor Melquíades, volte amanhã. Vou reorganizar meus compromissos para poder receber seu pai.

— Eu agradeço. A que horas devo voltar?

— Pode vir em qualquer horário, a senhorita Hortência irá recebê-lo. — Levantou-se rapidamente e encerrou a reunião: — Passar bem! — e, sem lhe dar a mão, saiu da sala. A secretária o acompanhou até a saída, enquanto ele olhava introspectivo para os longos corredores do prédio.

CAPÍTULO 7

A FAZENDA SERRA DE PIRACICABA

Apesar da chuva forte no final da tarde do dia anterior, o sol apresentava-se impiedoso, fazendo com que as árvores se mantivessem murchas, sufocadas com o calor. Ouviam-se ao longo trovões que prometiam mais chuva dentro de algumas horas.

No escritório da fazenda, Facundo falava alto:

— Filho, você é o verdadeiro culpado por estarmos nessa situação. Se você tivesse se casado com Rigoleta, as coisas seriam bem diferentes; com a união das duas famílias, um iria ajudar o outro, dobraríamos a nossa produção. Agora temo que seja tarde demais, mas depois trataremos desse assunto; volte amanhã como ela falou, estou à disposição para qualquer dia e hora.

— Pai, estou sentindo que será difícil.

— Mas nós nem conversamos ainda, e não é ela quem decide; ela é apenas uma empregada dos ingleses, vamos com calma.

Celeste relatou a Eduardo da Gama, seu superior imediato, o acontecido naquela tarde. Ele conhecia Melquíades pelas informações de Constâncio.

— Celeste, a senhorita fez o que deveria ter feito. — Sem saber o que ela ainda nutria pelo ex-namorado, Eduardo procurou protegê-la: — Esse homem não a ama, senão não a teria abandonado com um filho, sem dar nenhuma ajuda ou apoio. Constâncio me falou que ele não aprovou os recursos que você recebeu em sua demissão, só concordou com o pagamento do salário; o segundo pagamento, que seria para seu sustento até você conseguir um emprego, saiu do bolso do meu amigo!

Celeste ficou horrorizada. Tivera que dar aos seus pais o salário do mês; como iria viver na cidade até arrumar uma colocação? Achava que tinha sido ajudada por Melquíades!

— Ele se negou a ajudá-la porque a senhorita saiu da fazenda; deveria ter ficado lá vivendo com ele!

— Mesmo sem me casar? — indagou trêmula.

— Sim, ele queria apenas o casamento religioso, que não tem valor jurídico. Quando Constâncio percebeu as intenções, disse que fez pela senhorita o que faria por uma filha, e que hoje está em paz com a consciência e feliz com seu sucesso.

— Senhor Eduardo, hoje posso devolver esse dinheiro que me foi dado.

— Não precisa devolver, já me entendi com meu amigo.

— Faço questão absoluta de devolver, ele já me ajudou muito!

Eduardo estava cada dia mais encantado com a italianinha e preocupado com que ela pudesse voltar a gostar do filho do fazendeiro.

— Vamos deixar isso para depois, agora vamos ao que interessa. Preciso explicar a origem de algumas dívidas que temos com fazendeiros da região. Certamente teremos outros casos como esse.

— Pois não, como surgiram essas dívidas? — perguntou Celeste.

— Por dois principais motivos. Primeiro, a Abolição não foi planejada, os fazendeiros não a queriam. Quando nossos navios foram proibidos de desembarcar nos portos europeus os produtos feitos pelos escravos, isso representava a falência dos produtores brasileiros. Foram obrigados, então, a colher com urgência a assinatura da princesa Isabel, única representante da realeza presente no Palácio no dia 13 de maio de 1888, para pôr fim à escravidão. No entanto, após a Abolição, recusaram-se a contratar os negros, que eram trabalhadores experientes, e sem motivo os expulsaram das fazendas, como se fossem culpados de alguma coisa.

— E como ficou a produção de café sem a mão de obra especializada? — questionou a jovem.

— Houve queda na produção e o governo brasileiro começou a procurar mão de obra em outros países. Com a chegada dos imigrantes, e a senhorita é um deles — riu com simpatia, apaixonado por aqueles lindos olhos azuis —, o valor da mão de obra foi incluído no preço do café; consequentemente, o preço aumentou e as vendas caíram. Aqueles que tinham boa administração conseguiram superar o período de dificuldades financeiras sem precisar de ajuda, o que não foi o caso da Fazenda Serra de Piracicaba.

— Celeste ouvia com atenção. — Os investidores estrangeiros se propuseram a investir no Brasil, no nosso caso foram os ingleses, que ofereceram dinheiro e exigiram garantias, as letras de câmbio garantidas com as áreas de terras.

— E no caso específico dessa fazenda? — perguntou para aprender.

— Vamos ao cofre para saber. — Dirigiram-se ao fundo do escritório, onde havia um imenso cofre de aço, no qual eram guardados documentos em gavetas diversas. Eduardo conhecia bem as divisões do cofre e pegou apenas os documentos que interessavam. — O proprietário da fazenda é o senhor Facundo Malaquias Mosqueteiro, que assinou estes documentos — e começou a mostrar contratos, letras de câmbio, títulos de propriedade relativos ao empréstimo a longo prazo tomado alguns anos após a Abolição. — Veja, no próximo mês vence a primeira parcela de dez anos, contados a partir da data em que tomaram o empréstimo; certamente é sobre isso que querem conversar. Vamos passar essas informações para que nosso contador faça os cálculos do valor para pagamento. Você deverá recebê-los, isso faz parte da sua responsabilidade no cargo que ocupa; se precisar me chame, anote tudo, para apresentarmos aos acionistas. Não dê os documentos, isso é nossa garantia e eles devem ter cópia de tudo. Outra coisa: nós não decidimos nada, qualquer proposta apresentaremos aos acionistas.

— Entendi. Vou anotar e conversar com base nas anotações; não mostrarei documentos.

— Faça exatamente como fez de outras vezes com outros clientes, pois o fato de serem seus conhecidos não deve mudar sua conduta. Estarei na minha sala.

— E o outro motivo?

— Alguns fazendeiros se reuniram, interessados na captação de empréstimos para a construção de um ramal ferroviário em suas terras para facilitar o escoamento da produção de café, e isso foi feito da mesma forma, mas não é o caso em discussão.

Na casa de Celeste, todos estavam sentados à mesa para o jantar. Dona Santa serviria uma sopa de fubá e depois os pratos principais. Como era hábito da família, cada dia um fazia a prece de agradecimento, hoje era a vez da pequena Dosolice:

— Pai nosso que estás no céu, agradecemos pela sopa de fubá, agradecemos pela nossa casa, pelo nosso cachorrinho

Pitoco, abençoe o papai, a mamãe e todos os meus irmãos. Amém.

A família estava feliz naquela casa bem localizada, a residência tinha três quartos grandes, não tinha forro, não tinha energia elétrica, mas estavam providenciando; um dos quartos era o do casal, outro das meninas Celeste, Giuseppa e Dosolice, outro para os meninos, Francesco, Milano, Cesare, Valentino e Pietro. A mesa da cozinha, com doze lugares, era a mesma onde faziam as tarefas escolares, ao lado do fogão a lenha, de onde não saía o bule de café.

Antonio levava para casa os catálogos dos produtos e das ferramentas para que sua filha o ensinasse a ler corretamente em português, resolvia as dúvidas e anotava o que era importante para o seu trabalho no armazém. Como era uma casa moderna, o banheiro amplo ficava do lado de dentro, com um sistema de fossa séptica no corredor lateral da casa. Todos se deitavam às nove horas e acordavam cedo, antes do raiar do sol, sem dificuldades. Dona Santa ensinava Giuseppa e Dosolice a bordar e costurar, Celeste já costurava e fazia os seus vestidos, todos tinham o hábito da leitura. A máquina de costura ficava no quarto das meninas.

A família vivia bem com os salários de Antonio e Celeste. O quintal era amplo, com criação de galinhas e dois patos fechados no galinheiro, duas gaiolas de passarinhos, um papagaio, duas pequenas tartarugas, uma horta com alface, almeirão, chicória, cenoura e beterraba; quando a colheita era boa distribuíam aos vizinhos, tinham também algumas árvores frutíferas: goiabeira, fruta-do-conde, romã, laranja, limão, tangerina e um pequeno jardim sempre florido. Antonio comentava que viviam melhor do que se estivessem em Pádova, e seu sonho era comprar ou construir uma casa que poderia ser igual a esta, mas o quintal precisava ser maior. A sala de estar era moderna, com um sofá de madeira e almofadas e duas poltronas de vime.

A energia elétrica estava chegando às casas; nas ruas havia o serviço de iluminação pública graças a uma pequena usina hidrelétrica construída no Ribeirão Preto[1], que prometia levar o progresso para todo o interior paulista. Frequentavam as missas aos domingos para fazerem suas rezas e orações, e ficavam intrigados que no mesmo quarteirão onde moravam havia uma pequena casa com uma tabuleta pendurada no muro: "Casa de Oração". Ela sempre chamou a atenção dos Pepilanetto, e eles, por serem religiosos, queriam um dia conhecê-la.

Naquela linda manhã de primavera, onde nas primeiras horas do dia as copas das árvores dançavam com a brisa suave e refrescante, os pássaros em bandos harmoniosos cantavam felizes, o sol dava mais cor às flores multicoloridas do jardim público e avisava como seria a temperatura do dia. Eduardo da Gama, elegantemente trajado com terno de casimira inglesa e chapéu de feltro, cheirando a perfume de alfazema, entrou na sala da funcionária que vinha se destacando no desempenho

---
[1] Rufino de Almeida foi um dos pioneiros que, no início do século XX, implantou a eletricidade no interior paulista. Em 1898, um ano após a emancipação de Cravinhos como município autônomo, a Câmara Municipal de Ribeirão Preto autorizou a Rufino A. de Almeida & Cia. a iluminar as ruas e praças da cidade. A empresa de Rufino mudou seu nome para Empresa de Força e Luz de Ribeirão Preto e, em junho de 1899, inaugurou a iluminação elétrica nas ruas e praças ribeirão-pretanas. (Fonte: *Wikipédia*.)

de suas funções. Ela levantou-se solícita para receber do chefe uma nova ordem ou novas instruções, mas ele ficou parado, um tanto encabulado, e por fim declarou-se:

— Preciso falar o que trago no coração; faz muito tempo, não consigo mais guardar o que sinto: Celeste, eu te amo! — e calou-se; não se lembrou do resto do discurso que havia preparado. Ela sorriu com tamanha felicidade que, na opinião dele, foi o sorriso mais lindo da sua vida, e respondeu feliz:

— Eu também te amo, Eduardo! E muito! — Abraçaram-se felizes, com muitos beijos, e ela completou: — Por que não disse isso antes? Por que judiou tanto de mim? Fiquei numa expectativa angustiante, não faço outra coisa a não ser ficar pensando em você!

Ele riu da reclamação graciosa, ficou mais à vontade e continuou:

— Não consigo viver sem você! Você é tudo para mim, desde o primeiro dia em que a conheci, desde quando chegou aqui lindíssima, elegantemente vestida, mas tímida, acanhada, e fizemos aquela entrevista em que eu já sabia tudo, e com o tempo confirmei que você era melhor do que imaginava. Pensei muito e hoje sei com absoluta certeza: é realmente amor o que sinto por você, um grande amor! Não consigo ficar longe de você!

Celeste, emocionada, perguntou:

— Será que a empresa permite marido e mulher trabalhando juntos?

— Celeste, você está me pedindo em casamento? É isso o que entendi?

— Não, mas também pode ser! Por que não? — e beijaram-se muitas outras vezes.

— Se a empresa não permitir, você não ficará sem trabalho! Sua experiência profissional é superior à minha, mas isso não é assunto para hoje.

— Por que não? — Riram felizes como riem os apaixonados.

Depois que ele saiu da sala, ela pensou: "Um homem que conhece meu passado e meus problemas disse que me ama. E eu o amo também! Pensei que não acharia mais um homem assim, principalmente agora que não sou mais virgem! Fui escolhida por um homem bom! Ah, como sou feliz, meu Deus!".

Num sábado à tarde, Eduardo convidou Celeste para conhecer o Mercado Municipal, que havia sido inaugurado em 1900 e estava sendo um dos locais mais procurados na cidade; ele ficava às margens da Mogiana, na avenida Jerônimo Gonçalves, esquina com rua São Sebastião. O Mercadão era ponto de referência para quem chegava de outras cidades e um bom lugar para as famílias fazerem passeios e se deliciarem com os sucos das bancas de frutas, além de abastecerem a despensa com todos os tipos de produtos. Antes dele, não havia muita opção para os moradores fazerem suas compras e passeios.

Numa banca aconchegante, escolheram uma mesa e, como todos os namorados, iniciaram uma conversação feliz, com trocas de risos e carinhos, quando Eduardo foi interrompido:

— Edu, como você está? Que bom encontrá-lo!

— Lobato, grande amigo! Sente-se, tome um suco! Esta é a minha namorada, Celeste.

— O nome de sua namorada não poderia ser mais apropriado: Celeste! — e riu com simpatia, depois de cumprimentá-la gentilmente. — Não posso perder o trem! Estou visitando essa cidade maravilhosa, já percorri todo o Mercadão, que está lindo, bebi e comi de tudo, senão tomaria um suco com vocês de bom grado. Edu, tenho novidades: estou me envolvendo com o espiritismo, qualquer hora conto como falo com os Espíritos.

— Com você é sempre assim, as notícias e novidades estão nos seus contos!

— Você tem lido? Tem gostado?

— Quem não gosta? São maravilhosos!

— Edu, estou me preparando para criar minha editora, quero publicar meus livros aqui no Brasil. — Nem chegou a sentar-se, despediu-se e continuou sua caminhada pela cidade com a elegância que lhe era peculiar.

Eduardo explicou para Celeste que o amigo era formado em Direito, promotor de Justiça do Ministério Público do Estado de São Paulo, e que o conhecera em Taubaté, na casa da tia Genoveva. Contou que ele gostava de escrever contos e livros infantis, e seu nome era José Bento Renato Monteiro Lobato[2].

---

2 Monteiro Lobato deixou tudo registrado em ata com sua secretária, Maria José Sette Ribas, conhecida por Marjori: "Todo mundo conheceu Monteiro Lobato sob vários aspectos: o amigo leal e incomparável, o contista primoroso, o ardoroso e cáustico polemista, o patriota ferrenho e implacável; mas, sob o prisma espiritualista, poucos, muito poucos o conhecem e até alguns duvidam dessa sua conversão ao Espiritismo". Doente, foi assim que se despediu dela: "Minha filha, amanhã ou depois, se vir no jornal que eu morri, você não vai chorar. Sabe bem que não morremos, e esta foi, apenas, uma de minhas passagens sobre a Terra. Somos imortais". (Fonte: http://oconsolador.com/ano8/389/vladimir_polizio.html)

Os pais de Celeste ficaram mais felizes do que ela; sabiam que Eduardo era um homem bom, trabalhador, um bom partido. Andavam preocupados com o futuro da filha querida.

CAPÍTULO 8

A VISITA DE FACUNDO

A brisa de verão tocava as flores de mansinho e um perfume suave permanecia no ar, dando às parreiras das casas um ar bucólico, sem se importar com as nuvens escuras no horizonte, que prometiam tempestade para o final do dia.

A secretária Hortência anunciou a chegada de Facundo e seu filho com quinze minutos de antecedência. Celeste pediu que fossem conduzidos até a sala de reuniões e aguardassem. Pontualmente ela compareceu usando o uniforme da empresa, com um lenço de seda no pescoço, que realçava sua beleza, linda como realmente era, os cabelos loiros encaracolados caídos sobre os ombros e os olhos azuis que impressionavam quem os visse. Parecia um anjo em visita à Terra, trazendo nas mãos a agenda de couro e alguns papéis com diversas anotações. Depois dos cumprimentos formais, com a seriedade que o momento requeria, ficou frente a frente com aqueles que conhecia bem. Ofereceu água e café, seguindo as normas da empresa; como aceitaram, pediu que a secretária os providenciasse. Facundo tomou a palavra:

— Senhora Celeste... — Foi interrompido por ela:

— Senhorita, por favor.

Ele não gostou da repreensão.

— *Senhorita* se a senhora fosse moça, se fosse donzela; mas, como não é, quase teve um filho com ele — e apontou para seu filho —, prefiro chamá-la de *senhora*.

— Se o senhor não me respeitar, sairei da sala — disse com tranquilidade.

— Não me custa nada chamá-la de senhorita; portanto, será senhorita, mesmo não sendo! Senhorita Celeste, como o assunto é importante, quero discutir com seu chefe, não com a *senhorita* — frisou ironicamente a palavra. — Quero falar com quem decide, não estou aqui para perder tempo!

Sem pensar duas vezes, ela respondeu:

— Um minuto, por favor, que irei chamá-lo — e saiu. Depois de curto espaço de tempo, Eduardo da Gama entrou na sala com Celeste.

— Pois não, em que posso servi-los? — falou ele, mantendo-se de pé.

— Senhor Eduardo, viemos conversar sobre o contrato que temos com essa empresa.

— Sobre esse assunto, a pessoa designada para atendê-los é a senhorita Celeste, que estudou o caso e é a responsável por esse setor.

— Queremos falar com quem decide! — disse Facundo, começando a se irritar.

— Então os senhores deverão falar com os acionistas. Se eles aceitarem recebê-los, são eles que decidem, apenas levamos as propostas, se os senhores tiverem propostas — disse Eduardo, contrariado, virando-se para sair.

— Temos um pedido a fazer e algumas considerações — falou Facundo.

— Apresente-os à senhorita Celeste, responsável por atendê-los. Com licença. — Virou-se e saiu.

— Bom, vejo que o assunto, infelizmente, é mesmo com a senhorita — disse Facundo, olhando-a com desprezo. — Não temos outra saída!

Melquíades, durante todo o tempo, permanecera calado, inseguro, olhando para Celeste, que desempenhava com segurança e desenvoltura uma função importante naquela grande empresa. Sua elegância e seus gestos deixavam-na mais bela e atraente; ainda a amava e se recordava dos momentos felizes que haviam tido. Arrependia-se amargamente da escolha que fizera, mas agora era tarde demais, ela já tinha um novo amor. Nisto, uma moça negra, vestida com o uniforme inglês de copeira, entrou na sala com uma bandeja de prata, um bule de café, as xícaras em fina porcelana inglesa e copos de cristais com água. O fazendeiro olhou assustado e disse:

— Recuso-me a ser servido por uma escrava!

— Senhor, ela não é escrava! É uma das nossas melhores funcionárias e exijo que a respeite! Rosangela, por favor, deixe aqui a bandeja e pode se retirar, muito obrigada — disse Celeste, visivelmente revoltada com o comentário do fazendeiro. — Vamos direto ao assunto: o que o senhor realmente deseja?

— Quando os acionistas estarão aqui?

— Acredito que dentro de dois meses. O senhor quer marcar uma reunião? Mas aviso que não gostam de atender fazendeiros escravocratas e comunicarei o ocorrido nesta sala. A escravidão só terminou graças à interferência dos ingleses, lembra-se? — disse com energia.

— Não, não quero reunião com eles, vamos ao que nos interessa. A primeira parcela do nosso empréstimo vence no próximo mês. Como ainda não temos todo o valor para a quitação, precisamos de uma prorrogação de prazo para mais dois meses, se possível.

— Uma prorrogação de dois meses será suficiente?

— Acho que sim, estamos dependendo apenas do casamento de Melquíades para unirmos as duas famílias e levantar o valor necessário. Agora meu filho está no caminho certo, consegui evitar que fizesse um casamento desnecessário. — Celeste ouviu o comentário ofensivo e conteve-se sem dificuldade; sabia que cada um dá o que tem, e havia se preparado psicologicamente para aquele encontro. Pensou em responder que Facundo havia lhe dado um presente que mudara a sua vida, porque estava bem melhor agora, mas preferiu calar-se.

Melquíades interferiu em seu favor:

— Pai, como o senhor bem sabe, eu queria me casar, foi o senhor quem não deixou!

— Cale-se! Aqui não é lugar para assuntos de família!

— Mas foi o senhor que tocou no assunto! — disse o filho submisso, demonstrando nervosismo.

Celeste, sem se importar com o falatório fora de propósito, resolveu colocar a reunião nos trilhos:

— Para ficar claro, senhor Facundo: prorrogação de prazo de dois meses após o vencimento da primeira parcela ou de dois meses a partir de agora?

— Dois meses após o vencimento da primeira parcela — confirmou o fazendeiro.

— Vamos encaminhar sua proposta e, quando tivermos a resposta, avisaremos. Mais alguma coisa?

— Na hipótese de não conseguirmos o dinheiro, quais serão as providências da empresa?

— Acho que um bom advogado poderá lhe responder, mas vou perguntar aos acionistas.

O fazendeiro abalou-se com a resposta e tornou inseguro:

— Não pergunte nada aos acionistas, por favor. Qual o valor atualizado da parcela?

— Vamos encaminhar os papéis para o contador e informaremos posteriormente.

E encerraram a reunião. Ao sair, Celeste, sem querer, esbarrou seu braço na bandeja que estava na beirada da mesa e o bule de porcelana caiu no colo de Facundo, sujando seu terno de linho branco com café quente. Foi um desastre, pois o velho sujou-se e ficou impossibilitado de resolver outros assuntos na cidade; foi obrigado a entrar na charrete e voltar envergonhado para casa, reclamando de tudo e de todos. A italiana mais bonita da cidade pediu desculpas, mas estava com vontade de rir. Melquíades, cabisbaixo, parecia estar triste na presença dela, ainda a amava, mas a trocara pela herança do pai, e agora estava destinado a se casar com Rigoleta.

Facundo e Manoel, fazendeiros vizinhos que tinham combinado casar os filhos para ampliar suas posses e evitar que, pela herança, a propriedade caísse em mãos de terceiros, após o grandioso jantar realizado na Fazenda Serra de Piracicaba com ambos os familiares e alguns seletos convidados, como parte dos preparativos do casamento, se retiraram para a varanda da casa e começaram uma conversa de amigos.

— Facundo, minha filha é uma felizarda por casar-se com Melquíades! — disse Manoel, um pouco alterado pelo excesso de vinho português da melhor qualidade.

— Nós concordamos plenamente. Esse casamento é bendito, chegou em boa hora, é um acontecimento abençoado por Deus!

— Estive pensando, amigo Facundo, seguindo a orientação de um advogado, que devo passar a fazenda para o nome de Rigoleta, minha filha única, antes de ela casar-se. Ficarei apenas com o sítio da Lagoa Pequena, para tentar proteger-me do Banco do Brasil e de outros credores impertinentes. Como você sabe, estou passando por momentos difíceis, e, com a união das nossas famílias, vou desafogar um pouco minhas dificuldades financeiras. A escravidão foi um ótimo negócio, e o que ganhamos naquele período, principalmente com a expansão territorial, infelizmente hoje estamos devolvendo; eu mesmo já perdi parte das minhas terras para o banco e não quero perder mais. Acredito que, apesar do custo da mão de obra, a produção de café, sob a administração de Melquíades, será sucesso absoluto.

Facundo ouviu e começou a ficar nervoso. Seria verdade o que o vizinho estava dizendo? Colocou um pouco de vinho em sua taça e perguntou:

— Manoel, desculpe pela minha indiscrição, mas você está tendo problemas com credores?

— Sim, eu e muitos outros; faz quinze anos que acabou a mão de obra gratuita! Tenho que manter o preço do café de acordo com o mercado internacional, mas os meus custos de produção são altos; além do mais, comprei uma grande área com recursos do Banco do Brasil, acreditando num futuro promissor, que não ocorreu. Se você não tivesse Melquíades na administração dos negócios, estaria frito! Você é um homem de sorte!

— Manoel, como está o seu caixa?

— Está mais baixo do que a barra do manto de Santa Bárbara! Nossa esperança está nesse casamento!

Facundo apoiou-se no beiral da varanda para não cair, tal foi sua decepção. Encheu novamente sua taça de vinho e perguntou com forçada naturalidade:

— Mas, amigo Manoel, você sempre foi reconhecido como homem de sucesso, grande negociante, fazendeiro que expandiu suas terras para além do horizonte, senhor de grandes realizações! Não estou entendendo suas lamentações; se for um truque, está perdendo seu tempo, não tenho nada para vender e não pretendo fazer negócios com você!

— Facundo, não se trata de truque ou lamentação, é a pura realidade!

— Mas como é possível essa mudança financeira repentina?

— Não é repentina; isso começou logo após o fim da escravidão. Hoje estou no fundo do poço, mas não fiz alarde para não perder o crédito com os investidores. Se me apresentasse com dificuldades, quem me emprestaria uma moeda? Facundo, nossa salvação será o casamento de Rigoleta com Melquíades! Não pense que ela não teve bons pretendentes, teve, e muitos, apesar de não ser bonita, mas não permiti nenhuma aproximação; estava aguardando o que combinamos, mantive a minha palavra de homem, sempre pensando num futuro tranquilo para ela e para minha família. O futuro chegou!

Facundo não acreditava no que estava ouvindo, achando que aquilo era um sonho; iria unir-se a um falido! Deixou sua taça de lado, pegou a garrafa de vinho, levantou-a como se brindasse a alguma coisa e bebeu diretamente do gargalo, enquanto gritava:

— Viva o bobo! Viva o bobo! — Manoel, que também havia exagerado na bebida, ouviu esses gritos e reagiu:

— Facundo, contei minha vida para você, mas isso não lhe dá o direito de me esculachar dessa maneira. Sou bobo, sou um bobão, mas agora vou me recuperar com sua ajuda!

— Não, Manoel, você não entendeu, o bobo sou eu! Achei que você era rico e que esse casamento iria resolver minha vida; fui um tolo! Estamos ambos quebrados! Estamos num beco sem saída!

— Pare de beber — disse Manoel, abraçando o vizinho.

— A bebida lhe fez mal, não diga nada hoje; você não está falando coisa com coisa, está bêbado, bebeu muito, misturou vinho com cachaça. Amanhã conversaremos melhor.

Facundo começou a chorar, sem conseguir explicar-se. Manoel continuou o aconselhamento:

— Me perdoe, amigo, acho que essa minha conversa pessimista foi em má hora, hoje é para comemorar, e não para chorar! Não fique com pena de mim! Não tenha dó de mim! Viva os noivos!

Ao ouvir o entusiasmo do amigo, sentiu o chão girar e, antes de cair, Facundo ainda gritou com a voz enrolada:

— Viva eu, viva o bobo! — e tombou na varanda, bem ao lado da poltrona de vime, sem largar a garrafa. Manoel curvou-se com dificuldade para socorrê-lo e caiu em cima do amigo; por sorte a garrafa não se quebrou.

CAPÍTULO 9

O IRMÃO DE MELQUÍADES

No dia seguinte a esse jantar fatídico, numa manhã chuvosa, chegaram dois cavaleiros mal-encarados à Fazenda Serra de Piracicaba, dizendo que o assunto era com Abelardo, filho do coronel. Depois de muita insistência por parte desses desconhecidos, para evitar um escândalo, Facundo os recebeu a contragosto. Seu filho não estava, morava na cidade.

— Pois não, senhores, o que os trouxe aqui?

— Seu filho Abelardo tem algumas dívidas e viemos receber o que ele nos deve — disseram com rispidez.

— Como assim, dívidas? O que está acontecendo?

— Ele gosta de jogo e quem joga tem que pagar quando perde! Trouxemos aqui os títulos assinados por ele. É coisa acumulada de mais de ano! — e mostraram as notas promissórias, uma a uma. Facundo examinou-as e reconheceu as assinaturas do filho.

— Como ele é maior de idade, a dívida é dele!

— Senhor, sabemos que é ele quem deve pagar, mas, caso continue se recusando, pediremos sua intercessão.

— Não entendi. O que tenho a ver com isso?

— Por questão de honra, o senhor, como pai dele, é o fiador. Se ele não pagar, voltaremos a conversar.

— Não sou fiador de ninguém! Tem minha assinatura aí? Resolvam com ele! Não apareçam mais aqui! Não tenho nada a ver com isso, muito menos com dívida de jogo!

— O senhor está bem avisado. Queremos que ele pague para evitar providências desnecessárias. Dívida de jogo é dívida especial, sagrada, tem que ser paga de qualquer jeito, pelo devedor ou por qualquer outra pessoa que se preocupe com o futuro do devedor — disse um deles com energia.

O coronel não gostou da ameaça recebida dos cobradores; sabia como funcionavam essas coisas.

— Se entendam com ele, não tenho nada a ver com isso. Passar bem! — e, visivelmente nervoso, virou-se e os deixou sozinhos na porta da casa.

Quando se retiraram, Facundo ficou preocupado e foi procurar Filó.

Amanhã será um novo dia

— Você acredita que Abelardo tem outra dívida de jogo? Acabei de falar com uns estúpidos que saíram agora da fazenda e me fizeram ameaças. Será verdade isso?

— Sabemos que ele está envolvido com jogo não é de hoje, só que não sabemos se deve, e se deve não sabemos o montante — falou Filó, prevendo problemas.

— Eu vi os títulos assinados por ele; são uma verdadeira fortuna! Quando será que Abelardo vai criar juízo? Já não chegam os problemas que temos?

Ambos sempre haviam sido condescendentes com o filho, que nunca trabalhara nem estudara, era mimado pelos pais, sempre envolvido com jogo, bebidas e mulheres. O pai o socorria, apesar das brigas, na esperança de que ele melhorasse e, com o passar do tempo, assumisse algum trabalho na fazenda, mas nada! Nunca quisera trabalhar, e agora aparecia essa dívida! A situação era preocupante.

Facundo foi procurá-lo no dia seguinte, quando Abelardo retornou da cidade com cara de quem sabia o que estava acontecendo.

— O que você está fazendo, meu filho? Recebi dois cobradores aqui na fazenda dizendo que você tem dívidas! Isso é verdade? — O fazendeiro estava visivelmente alterado.

— Pai, fique tranquilo, vou trabalhar e pagar o que devo com meu trabalho. Não quero lhe dar despesas em hipótese alguma, preciso apenas que o senhor escolha o que posso fazer; serei eternamente grato se o senhor puder adiantar algum dinheiro, mas desta vez, como disse, dou minha palavra de homem de que vou pagar! — mentiu, como sempre fazia.

— A mesma história! As mentiras de sempre! Você nunca devolveu o dinheiro que lhe emprestei, sempre mentindo que vai trabalhar! Pensa que sou idiota? Pois dessa vez, nem que eu queira, não tenho como pagar, não tenho mais dinheiro; estamos passando por uma fase difícil, filho mentiroso e sem-vergonha!

— Se a situação está difícil, só pode ser culpa do Melquíades, seu protegido, que faz o que bem entende nesta casa! Administra mal e se vangloria, como se fosse o rei da fazenda! Ele, sim, é um filho sem-vergonha; engravidou uma mulher e não se casou. E o senhor apoiou! E agora vem jogar a culpa em mim! Não estou pedindo dinheiro, estou pedindo trabalho; vou pagar minhas dívidas com trabalho. Mereço as mesmas oportunidades que Melquíades. É uma questão de justiça! E não se esqueça de que conheço sua vida; o senhor é mais sem-vergonha do que eu! — Abelardo não conseguiu completar seu discurso; Facundo deu com a bengala em sua cabeça e ele desmaiou.

Dona Filó correu quando ouviu o barulho e, ao ver o filho caído na sala, todo ensanguentado, gritou desesperada:

— Facundo, assassino, você matou nosso filho! Olha o que você fez! Assassino! Socorro!

Nisso, alguns empregados que tinham ouvido os gritos, inclusive o próprio Melquíades, acudiram a vítima. Depois dos primeiros socorros, ele voltou a si e continuou atacando o pai:

— O senhor sempre viu defeitos em mim! Sempre fui considerado o pior de todos! Mas vou provar que tenho razão, serei outra pessoa a partir de amanhã. O senhor vai ter orgulho de mim! — Enquanto enfaixavam sua cabeça, Filó olhou firme para o marido e disse:

— É isso o que quer? Se você o matar, não ficará isento do pagamento da dívida. Pense bem, é mais barato pagar o que ele deve agora do que ficar mofando na cadeia, e ainda ter que sustentar advogado! Será que só eu sei raciocinar nesta casa? — Abelardo fazia sinal com a cabeça, concordando com a mãe.

— Filó, não temos dinheiro! Acabaram nossas reservas! Estou reunindo o pouco que nos resta para tentar pagar a primeira parcela daquele empréstimo.

— Facundo, homem de Deus, essa dificuldade é passageira! Estamos diante de um casamento grandioso que vai nos ajudar barbaridade!

— Engana-se, Filó! Engana-se! O Manoel está falido. Não tem os recursos que imaginávamos. Rigoleta não tem mais o dote que tinha. Acabaram com tudo!

Filó ficou muda, olhando para o nada, sem acreditar no que o marido dissera.

— O que vamos fazer, Facundo?

— Não sei, acho que vou vender parte das terras, o Manoel também pensa o mesmo. Vamos diminuir nossa extensão territorial, sem prejudicar a produção.

— E o casamento? Será justo entregar nosso príncipe para um zé-ninguém?

— Estava pensando nisso quando apareceu essa terrível dívida de jogo! Mas casamento combinado tem que ser honrado, palavra de homem é palavra de homem. Não deixamos Melquíades se casar com quem queria, agora terá que se casar com Rigoleta, mesmo na situação em que ela se encontra. Não temos outra saída!

— Então vai se casar a troco de nada?

— De nada, não; sempre aparece alguma coisa, ele é bom administrador.

— E eu posso trabalhar para ajudar — disse Abelardo com um sorriso irônico.

— Cale a boca, moleque mentiroso! — gritou o fazendeiro.

— Pelo menos nisso somos iguais, estamos todos na mesma situação: sem dinheiro! — e deu uma gargalhada gostosa.

— Cale a boca! — gritou novamente o pai revoltado, dando-lhe outro golpe violento com a bengala, que acabou batendo no canto da cama e se quebrando. Abelardo ficou sério, pois se o tivesse acertado seria fatal.

Foram iniciados os preparativos para o casamento. Rigoleta não tinha dote, não tinha beleza nem simpatia, era dez anos mais velha do que o futuro marido, mas era costureira, bordadeira, boa cozinheira e gozava de prestígio na sociedade ribeirão-pretana, participando de festas e saraus nas casas de amigos. Ela mantinha em segredo um relacionamento amoroso com Mariano, um jovem negro cuidador e domador de cavalos, homem de confiança de seu pai e, portanto, frequentador da casa.

Existiam comentários a respeito dessas escapadelas, mas ninguém tinha certeza de nada, e quem sabia não ousava dizer; eram coisas que não se comentavam, mas que, como por encanto, todos sabiam e estavam apreensivos com o desfecho do caso. Branca com negro terminava em morte de um dos dois, principalmente sendo filha do patrão. Ela sabia dos riscos, mas preparava-se para o matrimônio com o único objetivo de conquistar a riqueza que seu pai perdera, aumentar a fortuna da família e, quem sabe, a troco dessa fortuna, conseguir a anuência do progenitor para fugir com seu amado verdadeiro. Sonhos de uma jovem que poderiam se tornar um pesadelo, como era o caso. Estava revoltada com o destino que o pai lhe impusera e só pensava no amante; não queria perdê-lo por um casamento por interesse.

CAPÍTULO 10

A REUNIÃO COM OS INGLESES

A rua estava repleta de folhas de árvores e de pétalas de quaresmeiras-roxas, que forravam o chão. As nuvens em flocos esparsos deixavam o céu azul mais bonito, e o calor continuava firme e forte como em todos os dias.

A The São Paulo Railway Company era uma companhia inglesa que teve o monopólio do governo brasileiro de 1866 a 1946, durante oitenta anos, para explorar as construções de linhas férreas que serviriam para escoar a produção de café do estado de São Paulo até o porto de Santos. Muitos investidores do Reino Unido, estimulados pelo crescimento do Brasil, montaram aqui seus escritórios e desenvolveram várias atividades, tais como serviços de manutenção de trens e locomotivas, fornecimento de peças, equipamentos e materiais específicos para as linhas férreas, depósito de materiais e ferramentas para a lavoura, além de investirem diretamente na produção do café. A Brighton Railway pertencia a alguns desses acionistas e estava instalada na cidade de Ribeirão Preto em um prédio majestoso, desenvolvendo todas essas atividades em parceria com a Companhia Mogiana, criada e sediada em Campinas. Essa companhia permaneceu em atividade de 1875 até 1971, durante 96 anos, quando foi extinta e incorporada à Ferrovia Paulista S/A (Fepasa).

Os ingleses fizeram vários investimentos em diversas regiões do estado, sempre atraídos pela riqueza do café e explorando a expansão da malha ferroviária. Nos escritórios da Brighton trabalhavam Eduardo da Gama e Celeste, funcionários responsáveis pela administração financeira de todas as operações, num contingente de mais de quarenta funcionários. E aquele era um momento especial: na Inglaterra, os homens estavam sendo pressionados pelas mulheres denominadas sufragistas — designação que se relacionava ao direito das mulheres ao voto, tendo estas acabado por desempenhar um grande papel na história. Esse feminismo atuante deixava os políticos inquietos com o avanço da luta das mulheres, valentes e destemidas. Não bastasse isso, elas tinham organizado uma passeata em Hyde Park, no centro de Londres, feito greve de fome, depredado prédios públicos e até usado bombas para protestar pelos seus direitos.

Esse era o clima político que envolvia os acionistas da Brighton naquela reunião na cidade de Ribeirão Preto. Muitos deles, favoráveis às mulheres, e preocupados com a imagem da empresa e os resultados dos negócios no Brasil, queriam unicamente expandir as linhas férreas para todo o interior paulista e multiplicar seus rendimentos, procurando assim manter bom relacionamento com a sociedade e o governo brasileiros.

Como estava previsto, Eduardo da Gama falou das qualidades profissionais da jovem Celeste e de quanto ela era importante para a administração dos negócios da companhia, sugerindo sua promoção para o cargo de gerente de toda a área financeira, enquanto se amavam às escondidas. Não era comum naquela época uma mulher ocupar uma posição empresarial de destaque. Porém, devido ao momento político, a sugestão foi aceita de imediato. A maioria dos ingleses viu na valorização daquela mulher uma bela oportunidade para mostrar a imagem positiva do trabalho que desenvolviam em outros países, e quanto isso seria benéfico para combater os artigos na imprensa em geral, que os criticavam por se aproveitarem dos países debilitados financeiramente.

A decisão foi bem recebida na direção da empresa em Londres. Celeste aproveitaria a experiência de Eduardo para aprimorar seus conhecimentos, elaborar planejamentos, previsões estatísticas, cálculos financeiros, preencher relatórios; para tratar de todos os assuntos com os acionistas, tudo em inglês, obviamente, pois, a partir daquela data, deveria se reportar diretamente aos acionistas.

Sua promoção foi noticiada nos principais jornais de Londres e nos jornais de Ribeirão Preto e São Paulo. Não se falava em outra coisa a não ser no cargo de gerente ocupado por uma imigrante italiana, única mulher na administração da Brighton, e não se conhecia nenhuma outra numa posição semelhante em qualquer empresa do estado de São Paulo. Para que ela pudesse se aprimorar, era condição necessária falar com fluência a língua dos acionistas, e por isso contrataram dona Rosemary Weber, inglesa radicada no Brasil e conhecida como dona Rosinha — uma senhora muito simpática que se tornou amiga e confidente de Celeste. Foi ela quem falou para Celeste do senhor Juvenal e sua Casa de Oração, se bem que ela já o conhecia de vista, pois moravam no mesmo quarteirão.

A jovem italiana substituiria Eduardo da Gama na função de gerente administrativa e financeira, com amplos poderes, quase uma diretora. Eduardo foi realocado para o cargo de gerente de materiais, na área técnica, que estava em franca expansão. Como era costume entre os ingleses, essas promoções, assim como quaisquer outros acontecimentos importantes, eram comemoradas com muito uísque, cerveja, charutos e cachaça, a bebida brasileira. Após um lauto jantar no melhor hotel da cidade onde o grupo estava hospedado, foi festejada a promoção da nova gerente, com a participação de alguns convidados restritos. Todos os discursos versaram sobre a valorização da mulher no mercado de trabalho, e alguns se arriscaram a concordar também com o direito ao voto da mulher[1]. A única mulher presente na reunião entendeu pouco

---

1 O direito ao voto das mulheres só foi reconhecido na Inglaterra em 1918; no Brasil, somente em **1932**, no governo de Getúlio Vargas. Mais tarde, com a Constituição de 1946, o voto tornou-se direito de todas as pessoas alfabetizadas maiores de 18 anos, e apenas a partir de 1985 homens e mulheres analfabetos puderam votar.

do que falavam, mas foi auxiliada pelo seu chefe, que falava inglês fluentemente, e cumprimentada por todos várias vezes. No ambiente de trabalho, os subordinados a admiravam e respeitavam; sabiam de sua capacidade e ficaram felizes com sua merecida promoção.

Dentre outros assuntos tratados nessa reunião, os acionistas concordaram com a prorrogação de prazo de dois meses para o pagamento da nota promissória de Facundo Malaquias Mosqueteiro, e com os cálculos dos acréscimos financeiros previstos no contrato. No dia seguinte, Celeste passou um telegrama para a fazenda, endereçado a Facundo, informando a decisão e o valor da primeira parcela. A notícia não foi bem recebida pelo fazendeiro, que sabia que, mesmo após o casamento do filho, não teria os recursos necessários para quitar a dívida. A única saída seria vender parte de suas terras, como pensava seu amigo Manoel, mas isso demandava tempo.

Ao ler a notícia curta no jornal *A Cidade* sobre a promoção de Celeste e Eduardo, ambos conhecidos funcionários da Brighton, Facundo rasgou o jornal com raiva e tratou de procurar um advogado para se preparar para os problemas futuros, pois imaginava que ela usaria sua nova posição para se vingar.

Com a notícia de sua ascensão profissional, a casa de Celeste transformou-se em festa e muita emoção. Seus pais, Antonio e Santa, e seus irmãos, Francesco, Giuseppa, Milano, Cesare, nossa conhecida Dosolice, Valentino e o caçula Pietro, cantavam músicas folclóricas italianas batendo com as mãos na mesa num ritmo de muita alegria. Vizinhos e amigos traziam bolos e doces; a macarronada e os polpettones ficaram por conta de dona Santa, com sucos de laranja, limão e maracujá, frutos do quintal. Foi uma comemoração inesquecível, com ampla reportagem em todos os jornais.

Eduardo da Gama, seu chefe e namorado, estava na festa. Dona Santa e seu marido sabiam que namoravam em segredo. Com tantas coisas acontecendo ao mesmo tempo, Eduardo não tivera tempo para pedir a Antonio permissão para namorar sua filha; aguardava o melhor momento. E, apesar de estarem sempre juntos, com toda alegria e entusiasmo, não podiam se abraçar, nem se tocar; só uma pessoa muito experiente perceberia pelo olhar dos dois o amor que traziam no coração. Foram momentos difíceis, estavam próximos, mas como dois estranhos. Sem o consentimento do pai dela, estavam impedidos de comemorar a promoção do jeito deles; essa comemoração só foi acontecer no dia seguinte, na sala de reuniões da empresa, com todos os cuidados possíveis, mas exatamente como queriam.

Uma das novas responsabilidades de Celeste era viajar de vez em quando para Campinas, à sede da Companhia Mogiana, da qual eram parceiros, para entregar e explicar os resultados financeiros das expansões das linhas férreas. Quando Antonio entendeu que sua filha iria viajar sozinha para Campinas, ficou contrariado, não gostou. Foi até o prédio suntuoso e disse à atendente que queria falar com Eduardo:

— Minha filha não vai, não deixo minha filha viajar sozinha, não permito! Se soubesse disso, nem festa teria; minha filha não vai!

Não era comum na sociedade da época uma mulher viajar sozinha, mas a objeção apresentada por Antonio poderia prejudicar o sucesso profissional de sua filha.

— Mas, senhor Antonio, isso faz parte dos trabalhos dela, e Celeste é maior de idade! — disse Eduardo, preocupado com a situação inesperada.

— E daí? Não vai, e não se fala mais nisso!

— Mas, senhor Antonio, são ossos do ofício; ela tem que explicar pessoalmente o relatório em Campinas, ninguém poderá substituí-la.

— Não vai, e não se fala mais nisso.

Reconhecendo a voz do pai, que ecoava pelo corredor da empresa, Celeste saiu de sua sala e correu até o escritório do amado para saber o que estava acontecendo. Inteirou-se da decisão do pai, sentou-se e começou a chorar, sem saber o que fazer, mas não iria desobedecê-lo. Lembrou-se da grande tristeza que tinha dado ao velho e não queria causar outro desgosto.

— Sozinha você não vai viajar, nem pense em me contrariar; você é maior de idade, mas mulher de respeito não viaja sozinha. Sou responsável por você enquanto estiver comigo.

— Tive uma ideia, senhor Antonio — disse Eduardo com entusiasmo e com cara de quem havia encontrado a solução. — E se ela viajar acompanhada de alguém de sua confiança?

— Depende! Quem seria essa pessoa?

— Francesco, seu filho! Ele é maior de idade, terminou os estudos e está se preparando para o curso de Engenharia no Rio de Janeiro. Quem sabe os acionistas permitem?

CAPÍTULO II

A CASA DE ORAÇÃO

Juvenal era um jovem negro, nascido em Ribeirão Preto, que trabalhava como marceneiro por conta própria. Era casado com Guilhermina, imigrante filha de portugueses, que nascera em alto-mar, quando o navio em que viajava estava a caminho do Brasil. Tiveram três filhos; o primogênito faleceu logo após o nascimento, e depois vieram duas lindas meninas. Uma das filhas apresentou sérios problemas de saúde e foi socorrida por

Theodoro José Papa[1] no Centro Espírita Eurípedes Barsanulfo, da rua Luiz da Cunha, depois mudou-se para a rua Álvarez Cabral. Naquela casa espírita, ela fez duas cirurgias espirituais e ficou curada. A família, então, passou a frequentar as reuniões de estudos e palestras, onde aprenderam muito sobre a Doutrina dos Espíritos. A mediunidade aflorou no jovem casal, tornaram-se eficientes trabalhadores, e depois de algum tempo começaram a fazer cirurgias espirituais e atender os pobres e doentes em sua própria casa, onde colocaram uma singela placa: "Casa de Oração".

Quando convidada por dona Rosinha para conhecer o jovem marceneiro, Celeste a princípio sentiu medo; a fama dele no bairro é que falava com os mortos, mas, quando o viu pela primeira vez, sentiu-se muito bem. Parecia o reencontro de um amigo de longa data, sempre sorridente e atencioso. Diante das dúvidas que ela apresentou relativas aos trabalhos mediúnicos que realizava, Juvenal sugeriu que comprasse e estudasse estes dois livros: *O Evangelho segundo o Espiritismo* e *O Livro dos Espíritos*, ambos de Allan Kardec. Pediu também que ela assinasse o jornal O Clarim, editado na cidade de Matão por Cairbar Schutel desde 1905, e mostrou os exemplares que tinha em sua casa, destacando algumas reportagens interessantes, para incentivá-la ao estudo do espiritismo. Curioso que o médium era analfabeto, e essas reportagens eram lidas para ele por algumas pessoas que frequentavam sua casa.

1Theodoro José Papa (1907-2004) foi o líder do Espiritismo em Ribeirão Preto por seus conhecimentos, seriedade no trabalho e alegria cristã. Foi orador renomado, publicou mais de treze livros, foi diretor teatral e escreveu várias peças espíritas. Também foi membro titular da Academia Ribeiraopretana de Letras e membro da Ordem dos Velhos Jornalistas de Ribeirão Preto.

Pouco tempo depois, a família Pepilanetto estava mergulhada nos trabalhos da Casa de Oração, no amparo aos necessitados de toda ordem. Três vezes por semana, dona Santa, após servir o almoço e arrumar a cozinha, dirigia-se à Casa de Oração e preparava o alimento dos pobres, que era servido às dezesseis horas, ao lado de outros voluntários. Certo dia, Juvenal avisou a dona Santa que ela era portadora de mediunidade também, e que, logo que fosse autorizado pelos Espíritos, iniciaria sua missão. Enquanto isso, por não entender o português, deveria procurar aprender o espiritismo com sua filha, com os livros que ela tinha. Ao contrário do que se imaginava, Santa ficou feliz com a sugestão, pois acompanhava os trabalhos do casal e via o bem que realizavam.

Os desesperados e doentes procuravam Juvenal ou Guilhermina a qualquer hora do dia, aguardando em grandes bancos de madeira. Ele dizia que os Espíritos o informavam, onde estivesse, quando alguém o procurava, e também da gravidade do caso, para que pudesse agilizar o atendimento. Como trabalhava como autônomo, tinha como coordenar suas atividades, mas nessas ocasiões era Guilhermina quem atendia prontamente o doente e recebia o Espírito do dr. Francisco Gaia, seu médico protetor, realizando as curas espirituais. Não era só isso. Fazia também o chamado atendimento espiritual, que consistia na orientação que os Espíritos davam aos desesperados e aflitos que os procuravam, a qualquer hora do dia ou da noite.

— Filho, tenha calma, isso vai passar. Você conseguirá novo emprego e poderá sustentar sua família e educar seus filhos. Confie em Jesus! Isso passa! Não cultive pensamentos negativos; ore e aguarde, que já está sendo amparado! Não fique assim! Ore, Jesus nos ensinou a pedir, Ele disse: "Pedi e dar--se-vos-á"! Meu filho, você receberá o que precisa para ser feliz — dizia o Espírito com todo o amor que trazia na alma, e a pessoa retornava ao lar mais calma e segura, pois sabia que não estava sozinha, estava sendo socorrida por Jesus, diretamente por Jesus. Ele lhe dava a confiança e a segurança necessárias para continuar lutando e superar as dificuldades do momento. Aquele que estava sendo atendido enxugava as lágrimas e saía fortalecido. Ah! Quantas lágrimas não foram enxugadas naqueles atendimentos espirituais, quantas esperanças não foram renovadas, quantos suicídios evitados!

Sempre que alguém ora, eleva seu pensamento a Deus nosso Pai, ou a Jesus, ou a algum santo de sua preferência — não importa a religião que tenha; pode até ser descrente de tudo, isso não importa, o que importa é que se trata de um filho de Deus pedindo socorro.—, imediatamente, no plano espiritual, a prece é registrada e atendida. Equipes de Espíritos socorristas se mobilizam com a rapidez necessária para ajudar aquele que sofre; são os Espíritos Superiores, designados por Deus para amparar Seus filhos[2]. E o socorro sempre vem, basta termos olhos para ver, como ensinava Jesus. E é isso que dona Guilhermina fazia com sua mediunidade: permitia que, por seu intermédio, os Espíritos curassem, falassem, consolassem, dessem orientações e salvassem vidas!

---

2 "Não há prece sem resposta. E a oração, filha do amor, não é apenas súplica. É comunhão entre o Criador e a criatura, constituindo, assim, o mais poderoso influxo magnético que conhecemos" (Os Mensageiros, de André Luiz/Chico Xavier). "A oração, elevando o nível mental da criatura confiante e crente no Divino Poder, favorece o intercâmbio entre as duas esferas e facilita nossa tarefa de auxílio fraternal. Imensos exércitos de trabalhadores desencarnados se movimentam em toda parte, em nome de nosso Pai" (Missionários da Luz, de André Luiz/Chico Xavier).

Antonio Pepilanetto, no grande armazém de secos e molhados, em cujo almoxarifado trabalhava, arrecadava alguns alimentos e material de limpeza com as empresas que atendiam o depósito. Os alimentos que faltavam eram supridos pelo trabalho dos filhos Francesco, Giuseppa, Milano, Cesare, Dosolice, Valentino e Pietro, e por outros jovens e adultos que participavam com alegria e entusiasmo da denominada Campanha de Fraternidade Auta de Souza[3]. Ela se destinava a levar aos lares visitados, de porta em porta, as mensagens de bom ânimo transmitidas pelos Espíritos, que se comunicavam por intermédio de Juvenal e Guilhermina, anotadas em pedaços de papel por voluntários, e também donativos para as famílias carentes: alimentos, remédios, roupas e agasalhos.

Quando Juvenal perguntou a seu protetor espiritual que nome deveria dar ao grupo que se formava, recebeu a resposta de que deveria montar um centro espírita na cidade de Araraquara. Ribeirão Preto estava bem desenvolvida espiritualmente, com boas casas espíritas, e precisariam socorrer outros lugares. Assim fez o médium e sua esposa: em 1934, mudaram-se com a família para Araraquara, indo residir na rua

---

[3] Auta de Souza nasceu em Macaíba (RN), em 12 de setembro de 1876; educou-se no colégio São Vicente de Paula, em Recife (PE), sob a direção de religiosas francesas; e faleceu jovem, com 25 anos de idade, em 7 de fevereiro de 1901, na cidade de Natal (RN). Poetisa, foi por intermédio de Chico Xavier que transmitiu suas poesias em 1932, na primeira edição do Parnaso de Além-túmulo, lançado pela Federação Espírita Brasileira (FEB). Dedicou sua vida ao próximo, e foi marcante sua iniciativa de arrecadar alimentos de porta em porta para socorrer os pobres. Com seu desencarne, foi criada a Campanha Auta de Souza, em sua homenagem, e esse trabalho é realizado até hoje em muitas cidades do Brasil.

Voluntários da Pátria, dando assim início ao primeiro centro espírita da cidade, em sua própria casa, com curas espirituais e atendimentos mediúnicos, como faziam em Ribeirão Preto.

Nas proximidades da casa deles morava o amigo Serafim e sua esposa, também de Ribeirão Preto, médiuns que haviam se unido a eles, dobrando assim a capacidade de atendimento. Para evitar atritos com as autoridades locais, em 15 de janeiro de 1937, fundaram oficialmente a primeira casa espírita da cidade de Araraquara, o Centro Espírita Luz e Caridade, com registro em cartório e nome sugerido pelos Espíritos, na rua Expedicionários do Brasil, conhecida como rua 8, e começaram a sofrer inúmeras perseguições. Era uma época difícil, em que a Igreja, embora separada do Estado, exercia muita influência e poder de mando, e a nova casa era vigiada por policiais da radiopatrulha, pressionada pelo clero. Mas, como os trabalhos realizados eram todos voltados à prática da caridade e do socorro ao próximo, apesar dos olhares desconfiados dos policiais, as atividades se desenvolviam normalmente, sem nenhuma restrição ou interferência. Por que combater quem faz o bem?, perguntavam os adversários diante do que viam, e assim a casa foi se fortalecendo e tranquilizando seus opositores com belos exemplos de amor ao próximo, amparando e fazendo o bem sempre, até os dias de hoje, em nome de Jesus e com Jesus!

CAPÍTULO 12

O PAGAMENTO DA PRIMEIRA PARCELA

Passaram-se os dois meses da prorrogação de prazo requerida por Facundo. Chegou a data fatal para o pagamento da primeira parcela do empréstimo à Fazenda Serra de Piracicaba.

O tempo tinha passado rápido. Celeste estava se preparando para a viagem a Campinas dentro de alguns dias, e iria receber novamente o fazendeiro em sua sala. Como havia iniciado um curso de inglês com dona Rosinha, pediu a Francesco, seu irmão, que a avisasse de que não poderia ter aulas naquela manhã. Havia preparado os recibos, por estar ocupando as funções de Eduardo da Gama, mas era ele quem deveria assinar a quitação do primeiro pagamento. Como não compareceram e até a hora do almoço não avisaram nada, Celeste achou por bem pedir que um contínuo fosse até a estação de trem passar um telegrama, avisando que estariam aguardando até o encerramento do expediente, às dezoito horas. Nenhuma resposta. Na ausência do devedor, o contrato deveria ser enviado ao advogado para as providências necessárias.

Terminado o expediente, ninguém tinha comparecido. Atendendo ao chamado, o advogado, dr. Mangabeira Assunção, apresentou-se prestativo, inteirou-se da situação, leu o contrato com atenção, examinou os documentos e disse para os dois o que já sabiam:

— Pelo que consta no contrato, se não houver o pagamento da primeira parcela, vencem antecipadamente todas as parcelas, o total do contrato. No contrato, vale o que está escrito, essa é a lei que vai vigorar para a Fazenda Serra de Piracicaba e a Brighton, entre credores e devedores. Devo mandar um telegrama para os proprietários da fazenda, os senhores Facundo Malaquias Mosqueteiro e sua esposa, Filomena Mezanino Mosqueteiro, notificando-os do vencimento total do contrato em quinze dias. Mas, para isso, preciso do cálculo atualizado de toda a dívida até amanhã.

— E se não atenderem à notificação, doutor Mangabeira? E se não pagarem? — perguntou Celeste.

— Se não pagarem, executaremos as cláusulas que tratam da garantia do empréstimo, isto é, hipotecaremos a quantidade de terras suficiente para cobrir a dívida, com os acréscimos necessários, conforme determina o contrato — respondeu o causídico.

Celeste ficou surpresa com o acontecido; achava que a parcela seria paga.

Depois do susto, quando Antonio proibiu sua filha de viajar, Eduardo foi até a casa de Celeste informar que os acionistas tinham autorizado Francesco a acompanhá-la, sempre que possível, por entenderem os costumes de cada país. Aproveitou que a família estava reunida e, sem mais delongas, pediu a mão de Celeste em noivado. Santa e o marido sabiam do namorico dos dois, mas o pai tinha muitas dúvidas e preocupações com sua filha; queria de alguma forma protegê-la para que não tivesse outra desilusão amorosa e voltasse a sofrer. Depois de ouvir o pedido sincero do futuro genro, Antonio falou:

— Senhor Eduardo, não entendi por que o senhor está querendo pular a fase do namoro; acho que não seria prudente — disse emocionado, pois imaginava que sua filha não se casaria com ninguém, muito menos arrumaria um namorado. Quando ficara grávida do filho do fazendeiro, tinha se tornado uma mulher sem honra, pensava amargurado.

— Senhor Antonio, o namoro é para o casal se conhecer; eu conheço e amo sua filha, convivo com ela diariamente, conheço sua personalidade, seu caráter, sua capacidade, suas virtudes. Sei quem estou escolhendo para ser minha noiva, sei quem estou escolhendo para ficar comigo por toda a vida, com as bênçãos de Deus.

Eduardo queria deixar claro ao futuro sogro que sabia que Celeste era uma pessoa digna; que, apesar de não ser virgem, ele a aceitava como ela era, não via defeitos nela, a respeitava e amava muito. Antonio admirou a postura daquele homem, refletiu um pouco, depois virou-se para sua filha querida, sorriu e perguntou:

— Filha, você aceita Eduardo como seu noivo?

— Sim, papai, aceito — respondeu Celeste com lágrimas nos olhos.

— E se ela não aceitasse? — falou Dosolice brincando, externando sua felicidade.

— Eu não a levaria a Campinas! — respondeu prontamente Francesco. Todos riram e bateram palmas!

Nisso, Eduardo pegou uma caixinha no bolso externo do paletó e mostrou para Antonio as alianças que havia comprado. Celeste chorava de emoção; não sabia que seria pedida em noivado, fora uma agradável surpresa. Fizeram como nos casamentos: ele colocou a aliança nela e ela nele, sob as palmas da sogra e dos cunhados Francesco, Giuseppa, Milano, Cesare, Dosolice, Valentino e Pietro. Foram abraçados e beijados por todos. Depois, quando estava sozinho com Santa, Antonio deixou que lágrimas de felicidade molhassem seu rosto marcado por muitas lutas.

A festa ficou para o próximo dia. Não faltou macarronada com polpettone e muito molho de tomate, além das músicas que todos cantavam batendo na mesa.

CAPÍTULO 13

AS AULAS DE INGLÊS

A professora Rosemary Weber, inglesa que vivia no Brasil há mais de vinte anos, conhecida como dona Rosinha, foi contratada para ensinar sua língua pátria a Celeste por três meses, com aulas diárias, ministradas no escritório da própria empresa no período da manhã. Para a italiana de Pádova foi tranquilo aprender a nova língua; foi um processo automático de recordação de uma de suas existências na Irlanda, país de língua inglesa, o que foi confirmado duas vezes por Juvenal, quando contou inclusive passagens curiosas dessa sua vida naquele país repleto de castelos. Dona Rosinha ficou impressionada com sua memória privilegiada e facilidade para aprender, e, diante do que via, concordava plenamente com Juvenal — era a única explicação possível.

Quando soube que a irmã teria aulas de inglês, Francesco ficava observando curioso. Dona Rosinha não deveria dar aulas para ele, não fora contratada para isso, mas, diante do interesse do jovem, acabou por permitir que participasse sempre que quisesse, e isso acabou sendo quase todos os dias.

Com dois meses de estudos diários, Celeste falava e escrevia com fluência. Para aprimorar os conhecimentos da língua e da cultura do país, por sugestão da dedicada professora, iniciou a leitura dos clássicos populares ingleses, começando pelo escritor e médico escocês, Sir Arthur Conan Doyle[1], com as obras: As Aventuras de Sherlock Holmes e As Memórias de Sherlock Holmes, romances policiais famosos que tratavam das histórias do detetive inglês. Dona Rosinha pedia que ela lesse o parágrafo do livro e depois explicasse em inglês o significado do que havia lido. Diante dos acertos, comemorava com dois gritinhos agudos, que faziam Celeste rir e se divertir muito. Francesco achava engraçado o que as duas faziam.

---

1 O famoso escritor Sir Arthur Conan Doyle tornou-se espírita e, ao longo de sua vida, escreveu mais de 1.200 ensaios e artigos de não ficção, muitos deles sobre a Doutrina Espírita. O fervor de sua crença foi tão grande, que afirmou que ficaria feliz em desistir de sua carreira literária se em troca mais pessoas acreditassem no Espiritismo. Como deixou claro em seu livro A História do Espiritismo, publicado em 1926, enxergava o movimento como "o mais importante na história do mundo desde o episódio com Cristo". (Fonte: https://www.megacurioso.com.br/artes-cultura/120066-arthur-conan-doyle-e-sua-obsessao-pelo-espiritismo.htm)

No final de 1884 foi inaugurada em Ribeirão Preto a estação definitiva da Companhia Mogiana de Estradas de Ferro, próximo das margens do Córrego, de frente para a rua General Osório, com seção de despachos, área livre para passageiros, telégrafo, sala de espera e restaurante, um ambiente refinado e acolhedor.

Celeste preparou-se o melhor que podia. Completou o curso com dona Rosinha e tomou o trem com seu irmão às 5h45, na primeira classe, rumo a Campinas, para apresentar os relatórios que preparara com a ajuda do noivo. Nessa reunião mensal, era a única mulher presente entre grandes barões do café, mas não se intimidou, fez com desenvoltura sua exposição e respondeu às perguntas em inglês para uns, em português para outros. Todos ficaram surpresos com a beleza, desenvoltura e inteligência da jovem mulher.

Essas reuniões aconteciam com certa periodicidade e reuniam representantes do governo e órgãos fiscalizadores da Companhia Mogiana, que os recepcionava; da Brighton, na pessoa de Celeste; representantes dos municípios interessados na expansão dos ramais ferroviários; técnicos e profissionais da área. Cada um expunha o progresso alcançado e suas dificuldades. A Brighton era fornecedora de materiais de manutenção para a região de Ribeirão Preto. Seu irmão Francesco foi impedido de participar; ficou aguardando na sala ao lado, ouvindo tudo, tomando chá com bolachas, surpreso com as respostas inteligentes da irmã. Após o término da reunião, quando Celeste estava guardando seus papéis numa pasta de couro, um dos magnatas do café, galanteador, fez questão de aproximar-se, cumprimentá-la com fingido entusiasmo e, depois de tecer alguns elogios, mesmo constatando que ela estava usando uma aliança de noivado, com total falta de respeito, convidou-a para visitar sua fazenda e voltar para Ribeirão no dia seguinte.

— Agradeço, senhor, mas não tenho tempo para visitas — respondeu contrariada.

— É que tenho interesse num ramal ferroviário em minha fazenda e gostaria de encontrá-la outras vezes.

— Senhor, sua fazenda está sob jurisdição da Companhia Mogiana, a quem o senhor deve procurar para tratar da construção do ramal. Quanto a visitá-lo, não vejo motivos para isso, mas vou falar com meu noivo antes de responder.

Quando Francesco aproximou-se, o homem levou um susto, pensou que era o noivo dela e retirou-se imediatamente, não sem antes deixar um cartão de apresentação, que ela, intencionalmente, deixou sobre a mesa. Nele se lia: Joaquim Tibúrcio, barão de Cangaíba[2]. Francesco era um pouco mais alto que a irmã, com vastos cabelos loiros, olhos azuis e corpo atlético, mas a irmã era mais bonita e muito mais simpática. Saíram de braços dados e tomaram o trem às 17h30 para Ribeirão Preto.

Para evitar o processo de vingança que, tinha certeza, seria perpetrado por Celeste, Facundo e Manoel, amigos e vizinhos, contrataram o mesmo advogado, dr. Pafúncio Malamado.

---

[2] Com a Proclamação da República em 15 de novembro de 1889, e a subsequente promulgação da Constituição de 1891, todos os foros de nobreza e distinções nobiliárquicas brasileiros foram abolidos, embora alguns, por costume, tenham usado seus títulos por um bom tempo.

Explicaram a situação com os detalhes necessários. O advogado, com cara de poucos amigos, pensou e sugeriu:

— Serei claro, sem rodeios. Vocês dois estão quebrados financeiramente. Facundo deve para a Brighton, Manoel para o Banco do Brasil, e ambos estão sem recursos, vão perder tudo para os credores. Não acredito que aceitem renovar o empréstimo por um período de mais cinco anos, sem o pagamento de parte do empréstimo. — Os dois ouviam, preocupados. — Então, a solução de momento será passar as fazendas para o nome dos filhos. Quando forem hipotecar as terras, não encontrarão nada para hipotecar.

— Mas eles vão descobrir que passamos para os filhos e vão pedir o cancelamento da operação — falou Manoel, preocupado.

— Sim, mas, até conseguirem o cancelamento, vocês terão prazo para recuperação. Pode ser que o processo demore mais de cinco anos; precisamos tentar. Enquanto isso, não façam o casamento dos filhos, tenho muito o que fazer, aguardem que avisarei o momento certo.

— Tudo bem, doutor, não tenho como pagar mesmo, vai vencer a primeira. Se o doutor acha que poderemos ganhar tempo, aceito fazer isso — disse Facundo, com esperança de melhora nos negócios do café ou na venda de parte de suas terras. — O que não quero é perder a fazenda para os ingleses!

— Então adiaremos o casamento? — perguntou Manoel.

— Sim, primeiro essas providências, que são mais urgentes. Temos que correr com isso — tentou tranquilizá-los o dr. Pafúncio.

CAPÍTULO 14

A REVOLTA DE MARIANO

Mariano, jovem amante de Rigoleta, revoltou-se com a notícia de que a filha de Manoel iria se casar com Melquíades. Ele não tinha nenhuma simpatia pela fazenda vizinha, e esse boato aparecia sempre; agora voltara com maior intensidade.

— É verdade, Mariano, o jantar festivo que tivemos foi para comemorar nossa união, meu pai prometeu que deveria me casar com o filho de Facundo, para unirmos as duas fazendas numa só. Faz tempo que sou maior de idade e não comentavam mais nada dessa promessa maluca, agora decidiram às pressas. Estão marcando meu casamento o mais rápido possível. E você sabe que o único amor que tenho na vida é você, não posso pensar em mais ninguém.

— Mas, para o seu pai e para Facundo, sou escravo, sou negro, nunca poderemos nos casar. Prefiro morrer a viver longe de minha Rigoleta querida! — disse com tristeza.

— Mesmo que seja obrigada a me casar, continuarei a ser sempre sua, você é o homem da minha vida.

— Não quero dividir você com ninguém e viver como um bandido, agir às escondidas, correndo o risco de morrer. Vamos fugir, viver nossa vida num lugar distante, vamos ser felizes!

— Nós já vivemos assim, nos amamos à socapa, estamos acostumados. Portanto, não se precipite. Tenho certeza de que Melquíades, meu futuro marido, ama uma italiana que agora mora na cidade; ele não quer nada comigo, faremos um casamento fictício, só assinaremos os papéis para juntar as terras com as quais papai tanto sonha.

— E você acha que ele, casando-se, vai aceitar ficar distante de você? Nunca! Ele é homem e sei o que pensam os homens.

— Não poderemos fugir disso, estamos presos à promessa que fizeram. Não adianta reclamar que ficará pior. Nós nos amamos e saberemos como vencer essa situação.

Mariano não aceitou as explicações de Rigoleta e traçou um plano macabro. "Vou deixar eles se casarem, depois eliminarei

Melquíades e viverei o resto de minha vida com a viúva, com o amor de minha vida", pensou. O casamento somente seria realizado após as orientações do advogado, que pretendia antes tirar as terras do nome dos devedores para fugir da hipoteca.

Dr. Pafúncio Malamado estudou bem a situação dos fazendeiros e procurou agir com rapidez, mas verificou que a situação tinha se complicado, pois a Brighton fizera o empréstimo e registrara a hipoteca no Registro Hipotecário[1]. No caso de Manoel, a situação estava um pouco diferente: o Banco do Brasil, não se sabia o motivo, não registrara a hipoteca das terras. A vida de um bem é retratada no Registro de Imóveis, onde estão todas as operações relativas ao imóvel. Diante dessa situação, dr. Pafúncio considerou vender as terras de Facundo para os filhos de Manoel e vice-versa, com Contratos de Compra e Venda, em datas retroativas, alguns dias após a data em que cada empréstimo fora tomado. As terras de Manoel foram vendidas para os filhos de Facundo, e a venda foi devidamente registrada no Registro de Imóveis, pois no cartório não havia notícia de terem sido hipotecadas. As terras de Facundo foram vendidas para Rigoleta, mas, como estavam hipotecadas, não puderam ser registradas, embora a venda pudesse ser lançada no Registro do Vigário[2], o que foi feito imediatamente.

---

1 O Registro Hipotecário, com a finalidade de inscrever hipotecas, foi criado pela Lei Orçamentária n. 317, de 21 de outubro de 1843.
2 No Brasil, o Registro Imobiliário teve início em 18 de setembro de 1850, quando a posse, conhecida como "Registro do Vigário", passou a ser reconhecida perante o Vigário da Igreja Católica. Depois, com o advento do Registro de Imóveis pela Lei n. 1.237/1864, esse registro tornou-se meramente estatístico.

— Doutor Malamado, o que vai acontecer agora? — perguntou Facundo, preocupado.

— Quando vencer a primeira parcela, dentro de algumas semanas, a Brighton vai executar a hipoteca das suas terras pelo não pagamento, nós vamos argumentar que a fazenda é de Rigoleta e mostraremos o contrato de compra e venda, devidamente assinado pelas partes e corretamente registrado na Paróquia, no Registro do Vigário — respondeu o causídico com segurança.

— Mas, doutor, eles verificarão que as terras estão hipotecadas!

— Sim, mas, se Rigoleta aceitou as condições e comprou, você vendeu!

— Mas, doutor, a hipoteca é a garantia da Brighton, ela vai pedir o cancelamento de tudo o que tivermos feito para receber seus direitos — respondeu Facundo com sabedoria.

— Sim. Porém, até isso acontecer, você teve um bom tempo para recuperar-se!

Nisso, Manoel perguntou:

— Doutor Malamado, o meu caso acho que está mais fácil, o senhor não acha?

— Manoel, seu caso é idêntico ao de Facundo, com a diferença de que a hipoteca da sua fazenda, por um lapso do banco, não foi registrada, e nós registramos o contrato de compra e venda no Registro de Imóveis. Vai dar um pouco mais de trabalho para eles, mas estamos ganhando tempo, apenas.

— E por que não registramos também no Registro do Vigário?

— O registro na Paróquia do Vigário não tem valor nenhum, o que vale é o Registro de Imóveis — respondeu o advogado impaciente.

— Mas, se não tem valor, por que a venda da minha fazenda foi registrada lá? — perguntou Facundo, sem entender nada.

— Justamente para dar um ar de legalidade, mostrar que a operação é lícita.

— Porém, se o que fizemos não é lícito, podemos estar cometendo um crime, não é verdade? — retrucou Facundo.

— Sim, podem entender que se trata de um crime de falsidade, mas não temos a intenção de lesar ninguém — mentiu o causídico —, apenas queremos ganhar tempo, e isso tudo pode ser enquadrado como argumento de defesa — disse o dr. Pafúncio.

— Não será necessário fazermos uma escritura das vendas das terras? — quis saber Manoel.

— A escritura de um imóvel é o documento que assegura a validade da negociação, mas temos o contrato de compra e venda, que garante o direito de propriedade ao novo dono. — Deu uma pausa para saber se restavam outras dúvidas e concluiu: — E, como tudo está resolvido, falta apenas o casamento dos seus filhos antes do vencimento da primeira prestação! — disse o dr. Pafúncio.

— Mesmo depois de tudo isso, ainda vamos precisar casá-los? — perguntou Facundo, surpreso.

— Nós demos nossa palavra de homem que juntaríamos nossas propriedades numa só, com ou sem dívidas! — falou Manoel.

— Então vamos marcar a data o mais urgente possível, palavra é palavra! — concordou Facundo, sabendo que o primeiro vencimento era o da Brighton.

A reunião encerrou-se com o pagamento de metade dos honorários do defensor e algumas taças de vinho português, acompanhadas de mandioca frita.

CAPÍTULO 15

O CASAMENTO

Tudo foi preparado às pressas. Resolveram fazer uma festa íntima, longe das comemorações da sociedade ribeirão-pretana. O casamento civil e o religioso seriam realizados na capela da fazenda da noiva, como mandava o figurino, somente com os parentes próximos. A cerimônia religiosa seria oficializada pelo padre Bustamante Pedreira de Souza, após o pagamento das penitências[1], que foram cobradas com o exagero apropriado ao caso.

---

1 O sacramento da penitência é um sacramento que envolve o perdão de pecados perante um padre ou bispo, que neste momento atua em nome de Cristo, e o recebimento do perdão divino das faltas confessadas e de uma penitência (reparação de danos causados pelo pecado). O sacerdote a quem se confessam os pecados é chamado de confessor, pois é instrumento da reconciliação da alma com Deus e testemunha da compaixão e da misericórdia divinas. É praticado na Igreja Católica, na Igreja Ortodoxa e em algumas comunidades religiosas da Igreja Anglicana. (Fonte: https://pt.wikipedia.org/wiki/ConfissãoSacramento)

Rigoleta ficou extremamente feliz quando sua mãe lhe trouxe um rico vestido branco, cravejado de pérolas e lantejoulas brilhantes, que significavam toda a pureza que trazia na alma, ou que deveria trazer. Seu lindo buquê de rosas brancas foi admirado pelas poucas pessoas presentes. Ao entrar na capela com seu pai, Manoel, decorada com flores brancas e um rico tapete vermelho, estava com o pensamento fixo em Mariano, o amor de sua vida; era ele quem deveria estar ali casando-se com ela. Ele, por sua vez, fez questão de manter-se distante de tudo e de todos para conter sua fúria e não ver sua mulher ser entregue a outro homem. Mas, quando Rigoleta viu Melquíades, de fraque com polainas brancas, de pé no altar, seu coração acelerou-se como um cavalo a galope. Apoiou-se em seu pai, e sentiu pela primeira vez que o vizinho não era de se jogar fora; começou a gostar do casamento e do marido que tinham lhe dado, aproveitando a ausência de Mariano.

No dia seguinte à noite de núpcias, logo pela manhã, Melquíades procurou Facundo, seu pai.

— Pai, Rigoleta não poderia se casar, ela não era virgem quando se uniu a mim!

— E qual o problema disso? Esse casamento é para resolver problemas financeiros, não problemas amorosos. O doutor Malamado disse que poderíamos casar nossos filhos, e assim fizemos.

— Eu quero descasar, pai. Ela não é pura!

— E você é? Cale-se e continue casado, seu moleque sem-vergonha! — gritou Facundo.

O dia amanheceu nublado, com prenúncio de chuvas e trovoadas. Mariano contratou dois capangas para matar o marido daquela que ele considerava sua verdadeira mulher, mas Rigoleta era apenas amante, pois vinha sendo prometida em casamento a Melquíades. Agora essa data havia chegado, e ela estava legalmente casada com quem seu pai tinha determinado. Era assim naquela época.

"O que vale é o que está no coração", pensava Mariano, "não é um casamentinho besta que vai nos separar". E continuou com seus pensamentos sombrios: "O casamento foi uma farsa, foi apenas uma promessa entre dois fazendeiros bêbados que não sabem o que é o amor; resolveram casar seus filhos, isso não tem valor nenhum, não é assim que nasce o amor. Só vale o que está dentro do coração da gente. Quando o marido da minha Rigoleta morrer, ela ficará viúva, livre para sempre, e voltará para meus braços, exatamente como era antes de se casar. Tudo voltará ao normal quando Melquíades, o intruso, for eliminado".

Mariano deu as instruções para os capangas experientes:

— Todos os dias, logo após o nascer do sol, ele sai do casarão sozinho, a cavalo, para inspecionar as plantações de café. Esperem o momento certo, não quero tiro para não chamar atenção; façam o que quiserem, a ordem é eliminar o sujeito.

— Mas ele não tem um irmão? — perguntou um dos capangas.

— Sim, mas fica em Ribeirão Preto, não aparece por aqui.

Mariano estava enganado, aquele seria o primeiro dia de trabalho de Abelardo. O filho viciado em jogos de azar que morava na cidade pediu que preparassem seu cavalo e, logo após o nascer do sol, saiu sem rumo definido, pois não tinha conhecimento do que deveria inspecionar. Tomou o caminho das plantações de milho, prometendo a si mesmo que levaria uma nova vida, seria um trabalhador esforçado que sempre ajudaria seu pai. Naqueles dias, Melquíades não estava saindo cedo da cama; ficava aproveitando os primeiros dias de casado. Logo que os capangas viram Abelardo, acompanharam-no de longe, com cautela, aguardando o momento certo para fazer a abordagem; não havia ninguém por perto, aquelas plantações estavam desertas.

Abelardo percebeu a aproximação dos dois estranhos, não desconfiou de nada, mas depois viu que eram mal-encarados. Porém, não teve como fugir; seu cavalo foi interceptado e, assustado, empinou e o jogou no chão. Os dois pularam em cima do jovem caído e sacaram uma peixeira, mas, antes do golpe fatal, o cavalo deu um coice e o capanga foi arremessado para longe. A faca sumiu no milharal e, como só tinham aquela arma, entraram em luta corporal e espancaram o moço de todas as formas, até constatarem que tinha morrido — missão cumprida.

O cavalo da vítima continuava rodeando o grupo, agressivo, tentando defender seu cavaleiro, e não arredava pé. Não se sabiam as razões disso, pois era a primeira vez que Abelardo andava com aquele animal.

— Alguém viu Abelardo hoje de manhã nas plantações de café? Já deveria estar aqui para almoçar, não vimos ele nem o cavalo — falou Filomena, sua mãe, preocupada.

Alguns trabalhadores saíram à procura do jovem e, se não fosse o cavalo parado ao lado do corpo no meio da plantação, ele nunca mais seria encontrado, pois o milharal estava fechado; não tinha como achar alguém ali. Os primeiros a examiná-lo acharam que tinha morrido, pois estava totalmente desfigurado e ensanguentado; somente os mais experientes perceberam que ainda respirava. Forraram uma carroça com muita palha, colocaram Abelardo apoiado por dois travesseiros e o levaram imediatamente para a Santa Casa de Misericórdia de Ribeirão Preto, onde seria tratado pelo padre Euclides[2] e as Irmãs Salesianas.

Dona Filó entrou em desespero depois de ver o filho naquele estado:

— Facundo, falei para você pagar as dívidas de jogo dele! Por que não pagou? Veja o que fizeram com ele, seu velho desgraçado! Se o meu filho morrer, você vai ser enterrado com ele! Juro!

— Pode me enterrar que morrerei feliz! Estou perdendo a fazenda para os ingleses, agora perdi meu filho querido! — Parou um pouco para recobrar as forças e continuou: — Filó, você sabe que aqueles caras que vieram cobrar as dívidas de jogo não voltaram; se tivessem voltado, teria pago todos eles. O que

---

2 Padre Euclides Gomes Carneiro conseguiu trinta contos — uma importância significativa naquele tempo — doados pelo dono da famosa Fazenda Monte Alegre, o Rei do Café, depois trouxe para dirigir o hospital as Irmãs Salesianas, que prestaram 39 anos de trabalho, até 1938. Estava fundada uma das instituições hospitalares mais importantes da região norte do estado e o primeiro hospital de Ribeirão Preto. A denominação "Santa Casa de Misericórdia" tornou-se oficial apenas em 1910. Padre Euclides dirigiu a instituição até 1915; foram treze anos de trabalho árduo.

eu posso fazer? Não tinha como pagar! Mas tenho pago as mesadas de Abelardo rigorosamente em dia, ele ganha bem para não fazer nada; deveria ele mesmo ter pago aqueles cretinos! — respondeu Facundo.

— Você precisa cuidar melhor do seu filho! Hoje foi o primeiro dia de trabalho dele e acontece justamente isso! E ninguém viu nada? Onde estavam os trabalhadores dessa fazenda que não viram? Onde estava Melquíades?

— Filó, ele foi para o milharal, onde não tem ninguém. As plantações de café ficam do outro lado. Você se esqueceu de que Melquíades está em lua de mel? Quem casa não sai da cama! O culpado é Melquíades, que deveria estar com ele. Onde está Melquíades? — gritava Facundo, totalmente descontrolado, andando com dificuldade e sem direção.

Melquíades estava na sala ao lado, falando com as pessoas que tinham visto dois cavaleiros saindo a galope da fazenda. Todos afirmavam que Abelardo fora agredido por dívida de jogo, por ter vida irregular.

— Estou aqui, pai. Levantei tarde, ele saiu mais cedo, não sabia que estava na fazenda, nem que seria seu primeiro dia de trabalho, senão estaria explicando as tarefas para ele — respondeu Melquíades. Nervoso, pediu a João, cocheiro experiente, que preparasse uma charrete e o levasse às pressas à Santa Casa para saber do irmão.

Mariano era um negro forte, eficiente cuidador e domador de cavalos. Seu sorriso demonstrava estar feliz com as notícias trazidas pelos agressores, que confirmaram que tudo saíra como planejado; aguardava apenas o momento de contar para sua amada.

Rigoleta, depois de casada, passou a viver na fazenda vizinha, mas suas coisas e seu cavalo tinham ficado onde morava antes de se casar. Estava pensando em transferir tudo para a Fazenda Serra de Piracicaba, mas faria a mudança sem atropelos; não havia motivos para pressa, seu quarto era muito confortável e seu marido fora uma surpresa agradável. Saiu rapidamente de casa e ouviu sobre um acidente com Abelardo, mas não se interessou em saber mais. Chegou à fazenda do pai e depois de poucos minutos entrou no estábulo e viu seu amante. Abraçou-o, mas não carinhosamente como outrora; ele a puxou para junto de si, ela se esquivou:

— Mariano, sou uma mulher casada! O que as pessoas vão pensar? Prepare meu cavalo! — disse sem nenhuma gentileza.

— Meu amor, não aguento viver sabendo que você está nos braços de outro — disse Mariano com sinceridade.

— Mas agora a situação é outra. Sou casada, e muito bem casada! Aliás, você foi um dos primeiros que soube que eu iria me casar e não se preparou para isso?

— Mas e as promessas que você fez, as juras de amor eterno? Nossos planos para o futuro? Até filhos você prometeu, meu amor! — Mariano falava com emoção, estava sofrendo com aquela indiferença e, nervoso, terminou de preparar o cavalo dela.

— Mariano, agora tenho um marido, não posso ficar com você!

— Engana-se, Rigoleta. A partir de hoje, você não tem mais marido, não tem ninguém! Agora você é viúva, está sozinha e me pertence. Ninguém vai nos separar! — disse com um olhar tão duro, que ela entendeu que havia acontecido alguma coisa.

Desesperou-se no caminho de volta, imprimindo alta velocidade ao cavalo. Pensava: "Será que não foi Abelardo que se machucou?". Chegando em casa, foi logo gritando:

— Melquíades! Melquíades!

O jardineiro, que estava na frente da casa, respondeu prontamente:

— Melquíades foi levado às pressas por João para a Santa Casa de Misericórdia!

Rigoleta desmaiou.

CAPÍTULO 16

A HIPOTECA DOS BENS

Naquela manhã chuvosa não se ouvia nem o canto dos pardais, mas o calor continuava com uma insistência vagarosa, e todos sabiam que a tarde seria abrasadora, e o entardecer traria de volta a festa dos pássaros para embelezar a natureza.

A parcela vencida e não paga era da Fazenda Serra de Piracicaba. Após mandar os telegramas para notificação dos devedores, Facundo e Filomena, o advogado dr. Mangabeira, da Brighton, certificou-se mais uma vez de que os bens que garantiam a totalidade do empréstimo estavam devidamente registrados no Registro Hipotecário. Sentou-se defronte a sua máquina de escrever e datilografou a petição ao juiz[1], dando início ao processo de execução da dívida vencida e não paga, pedindo assim o leilão das terras que haviam sido dadas em garantia ou a posse definitiva destas para a quitação do empréstimo, juntando a certidão expedida pelo Registro de Imóveis e a cópia do contrato do empréstimo.

O dr. Malamado, advogado dos devedores, contestou o pedido, argumentando que as terras não pertenciam mais à Fazenda Serra de Piracicaba; haviam sido vendidas logo após o empréstimo, e assim juntou cópia do contrato de compra e venda, devidamente inscrito no Registro do Vigário.

A Brighton impugnou a contestação, fazendo menção às provas apresentadas, e alegou que se tratava de uma venda fictícia que tinha como objetivo eximir-se do pagamento da dívida; que ninguém faria um negócio significativo sem verificar o Registro Hipotecário e o Registro de Imóveis[2].

Decorridos quatro meses da petição inicial protocolada pelo dr. Mangabeira, o juiz sentenciou que, se o devedor não pagasse a dívida no prazo de dez dias, a Brighton poderia decidir se queria a realização de um leilão ou o recebimento das terras para quitação da dívida. Também considerou nulo o contrato de compra e venda, pois as terras já estavam hipotecadas quando foram vendidas, como provavam os documentos juntados aos

---

1 Após a Independência do Brasil, em 1822, e antes do Código Civil de 1916, vigoravam em todo o território brasileiro as Ordenações Filipinas, herança do direito português, que possuía falhas e contradições, mas era a legislação que se aplicava a todos os litígios.
2 O Registro de Imóveis foi instituído pela Lei n. 1.237, de 24 de setembro de 1864, com a função de transcrever aquisições imobiliárias.

autos; que a hipoteca era um direito real que visava assegurar o pagamento da dívida; e que o Registro do Vigário tinha apenas finalidade estatística e não provava nada. O dr. Pafúncio Malamado entrou com recurso dessa decisão, mas avisou aos devedores que deveriam vender as terras o quanto antes, pois a sentença não seria modificada nas Instâncias Superiores.

A sentença do juiz foi levada ao conhecimento dos diretores da Brighton, que, em reunião tumultuada, resolveram por aceitar a posse das terras. Embora não fosse uma decisão unânime, concordaram, mas com restrições; a questão principal era quem administraria a fazenda. Essa decisão contrariava os objetivos da empresa, que eram planejamento, importação, comércio e investimento. Não havia ninguém para cuidar da produção e da venda de café. Os leilões não apresentavam bom resultado; quem leiloava não recebia o valor devido, leilão dava prejuízo. Depois de muita discussão, resolveram colocar a parte recebida à venda. O dr. Mangabeira fez um requerimento ao juiz, solicitando que o engenheiro civil que prestava serviços ao Judiciário fizesse a demarcação das terras, para identificação física da área. Essas terras representavam praticamente metade da fazenda, onde não havia nenhum tipo de construção, mas estavam inteiramente tomadas pelas plantações de café.

No mês seguinte, Celeste e Francesco voltaram a Campinas para mais uma reunião importante, na sala do prédio da Companhia Mogiana, com a presença dos interessados de sempre, funcionários do governo, inspetores da Mogiana, representantes dos municípios beneficiados pelos ramais construídos e em construção, além da presença de alguns dos barões do café, que transformavam suas fazendas em verdadeiras vilas europeias, fazendo surgir teatros, apresentações artísticas, arquitetura moderna, armazéns com artigos importados, levando assim o progresso a Campinas, conhecida como "cidade das andorinhas".

Desta vez, Francesco permaneceu na sala principal, certamente confundido com alguém importante, por estar vestindo um elegante terno de casemira inglesa e um bonito chapéu-coco feito de feltro de lã, de onde ficou admirando a versatilidade de sua irmã, única mulher naquele ambiente austero, dominado por homens. Em dado momento, alguém levantou a mão e perguntou:

— Senhorita Celeste, é verdade que a Brighton agora é proprietária de uma grande plantação de café?

— Sim, senhor. Recebemos as terras em pagamento de dívidas, mas não temos nenhuma intenção de produzir café.

— Se não têm intenção, estão pensando em trocar por dinheiro? — riu, zombeteiro.

— Não tenho autorização para falar deste assunto, estou aqui para tratar de outros negócios, só mencionei porque o senhor perguntou — respondeu Celeste com simpatia.

No intervalo para café e biscoitos, Celeste estava ao lado do irmão, preocupada com o pouco tempo que restava e tudo o que ainda precisava falar, quando alguém tocou seu ombro e disse de maneira que só ela pudesse ouvir:

— Contei os dias e as horas para vê-la, não estava suportando as saudades! — Era Joaquim Tibúrcio, o barão de Cangaíba.

— Se o senhor é um barão como diz ser, sabe que o respeito a uma noiva é o mínimo que se espera de um nobre — respondeu Celeste com energia, e procurou afastar-se, tomando o braço do irmão, que não entendeu por que estava sendo conduzido para o outro lado do salão.

Após seu retorno à cidade de Ribeirão Preto, os acionistas marcaram uma reunião para definir o que fazer com as terras de sua propriedade; queriam ouvir as ponderações de cada um dos presentes e fazer as votações, como era hábito diante de fatos conflitantes. Para surpresa geral, a primeira a ser convidada a expressar sua opinião foi Celeste, que não deveria ter essa oportunidade: não era acionista, embora viesse se destacando dentro da empresa, e sua administração estava trazendo o que todos queriam: bons lucros. Portanto, era muito justo que quisessem ouvi-la. Celeste foi clara:

— Senhores, não podemos desviar o foco. Apesar de ser considerado o ouro negro, nosso objetivo nunca foi investir na produção de café, nem temos experiência para isso, e sim oferecer aos produtores tudo de que precisam, desde máquinas e equipamentos até o transporte ferroviário. Minha opinião é que devemos vender essa área para alavancarmos nossos negócios, aproveitando a alta de preços do café no mercado internacional.

Alguns dos presentes não imaginavam que uma mulher pudesse ter essa lucidez; a cada dia a italiana surpreendia os acionistas positivamente. A maioria foi no mesmo sentido. Colocada a proposta em votação, todos foram unânimes: venderiam a área por um bom preço e ficariam encarregados de calcular e apresentar o valor a Celeste para suas considerações. Ela também se surpreendeu: "Para *minhas* considerações?", pensou. E sugeriu que o preço fosse o de mercado, e não o do valor do empréstimo, que era menor, mas houve objeção, pois queriam recuperar rapidamente o valor do investimento.

Naquela noite, Celeste, em companhia de Eduardo, aproveitou para assistir a uma palestra do jovem Theodoro José Papa no Centro Espírita Eurípedes Barsanulfo, que ensinava o espiritismo e contava casos interessantes, com muito bom humor. Theodoro também era um imigrante italiano nascido em Rizzicone, na Calábria. Sua família chegara ao Brasil em 1911, tinham morado quatro anos em Araraquara e depois se mudado para Ribeirão Preto.

CAPÍTULO 17

ABELARDO NO HOSPITAL

O tempo estava firme, uma brisa suave soprava de mansinho sem conseguir abrandar o calor. A carroça barulhenta chegou a toda velocidade, com o cavalo esgotado pelo esforço realizado. Chamaram dois enfermeiros e o doente foi retirado com muito cuidado, pois parecia estar vivendo seus últimos momentos.

Abelardo estava irreconhecível, todo machucado, com muitos cortes pelo corpo; seu estado era desesperador. Entraram gritando pelo padre Euclides, que era o provedor da Santa

Casa de Misericórdia de Ribeirão Preto desde 1902. Quando o padre o examinou, preparou-se para dar a extrema-unção[1] àquele que parecia ter sido atacado por uma fera perigosa.

— Padre, ele foi atacado por dois homens, acho que queriam matá-lo — disse o cocheiro que o trouxe.

— Me ajudem aqui, para Deus nada é impossível! Vamos rezar!

Rezavam em voz alta e trabalhavam. O padre e os enfermeiros retiraram com muito cuidado as roupas, que foram cortadas com uma tesoura, limparam cuidadosamente as feridas, constataram que não havia fraturas, mas cortes profundos no rosto, no pescoço, muitos hematomas, que podiam ter sido feitos por uma pedra. Fizeram as suturas, enfaixaram um dos braços e passaram uma pomada feita pelas Irmãs Salesianas; perceberam que a respiração da vítima, gradativamente, começou a se normalizar. Aplicaram o soro com a medicação apropriada, e o padre disse baixinho:

— Filho, estou sentindo que você vai se recuperar. A partir de agora, você está nas mãos de Deus, que vai cuidar de você!

— Um dos enfermeiros estava visivelmente emocionado.

Nisso, chegou Melquíades, apavorado, olhando nervoso para todos os lados, querendo saber do irmão. Padre Euclides o tranquilizou:

— Ele está medicado, agora precisamos aguardar como será sua recuperação nas próximas horas. Não adianta a família vir até o hospital, ele está desacordado e não poderá receber visitas. Rezem por ele.

---

1 Extrema-unção é um sacramento da Igreja Católica que tem por objetivo preparar o cristão para um momento particularmente difícil de sua vida, em que irá enfrentar a morte e seguir em direção à vida eterna.

Depois de quase uma semana, Abelardo abriu os olhos e perguntou:
— Onde estou?
Uma auxiliar que estava próxima disse:
— Você está na casa de Deus!
— Então eu morri?
— Não, você não morreu, está na Santa Casa; fique tranquilo que vou chamar a Irmã Catarina. — Uma das Irmãs Salesianas[2] que trabalhavam no hospital prontamente o examinou e ficou feliz com sua melhora, mas o jovem voltou a dormir profundamente, com certeza sob efeito dos medicamentos. Porém, estava melhor, isso era o mais importante.

Rigoleta acabou por descobrir que seu marido estava bem. Ela também estava muito bem, satisfeita com a troca que fizera; Mariano era bom, Melquíades era melhor, segundo dizia para sua mãe. Mas como solucionar a insatisfação do amante? A situação não era fácil de resolver, ele tentara até matar o rival, sorte que não havia conseguido. Porém, quase tinha matado o homem errado, e poderia voltar a tentar alguma outra

---

2 O padre Euclides Gomes Carneiro chegou em 1902 e trouxe as Irmãs Salesianas, que ficaram até 1938, quando foram então substituídas pelas Irmãs Apóstolas do Sagrado Coração de Jesus. (Fonte: https://www.ibes.med.br/a-santa-casa-de--ribeirao-preto-agora-e-acreditado-pela-ona/)

coisa pior para tê-la com exclusividade. Sua mãe, que era bem vivida, mais experiente, sugeriu:

— Filha, por que você não compra o Mariano? Pode dar certo.

— Mãe, o que é isso? Ficou louca? Vou comprar para que, se tenho Melquíades de graça?

— Filha, você pode tentar, não custa nada. Para ele não se revoltar com você, diga que o amor não acabou, apenas ficou enrolado nas voltas que a vida dá. — Rigoleta começou a rir. — Não ria, que o assunto é sério. Como estava dizendo, diga que o ama, mas foi obrigada a se casar, o que é verdade, e ofereça aquele sítio na beira do lago.

— Aquele sítio é lindo, mas longe demais.

— É um pouco longe, mas a cavalo tudo fica perto. Diga que é um presente de coração, será propriedade dele, que ele deverá trabalhar aqui, mas morar lá, pescar lá, viver lá a vida secreta que você sempre sonhou. E que, sempre que sentir saudades dele, irá visita-lo. O sítio será um cantinho de amor, já que a vida o separou de você. Diga: "Lá teremos a paz que queremos! O que você acha?".

— Mãe, você falou tão bonito que quero mesmo viver no sítio com ele. — Riram juntas por um bom tempo, com esperanças de que o jovem negro aceitasse a proposta.

Não demorou dois dias, Mariano apareceu com a desculpa de mostrar um potro que estava começando a trabalhar. Quando estavam a sós, ela entrou no assunto:

— Mariano, quero que saiba que nosso amor não acabou, mas quero que raciocine que, se matar alguém em nome do nosso amor, você será preso e nosso amor acabará para sempre; não quero um assassino, e você, por enquanto, é um homem bom e deve se esforçar para ser a cada dia melhor.

— Não fui eu que tentei matar Abelardo — mentiu o jovem.

— Eu sei que foi você, pensava que fosse o meu marido! Mas isso já passou, não vamos discutir, quero apresentar uma solução definitiva para nossa vida. Pense bem no que vou falar. Sabe aquele sítio na beira do lago, onde tem aquela casinha com varanda? Quero dar aquele sítio para você, será todo seu; você deverá morar lá e continuar trabalhando aqui, e ficarei tranquila. Sempre que possível nos encontraremos secretamente e seremos felizes. Eu não tenho culpa de ter me casado, isso foi obra de meu pai, mas me sentirei culpada se ficar longe de você! Se você me ama, o sítio e o meu coração são seus!

Mariano ouviu, refletiu demoradamente, ficou pensativo e respondeu:

— Mas você vai me visitar de vez em quando?

— Claro, sou eu quem está apresentando a solução, mas não quero que repita a coisa horrível que fez; você não é mais criança!

— Posso beijar você? — ele perguntou envergonhado. Ela o puxou pela mão para dentro da cocheira e se beijaram como há muito tempo não faziam.

— E daí? Aceita o sítio? — ela perguntou com olhar de malícia.

— Sim, aceito!

No final da tarde, Rigoleta correu para a casa de sua mãe e, antes de tomar o chá da tarde com broas de fubá, disse bem baixinho, encostando a xícara de porcelana nos lábios de maneira que só ela pudesse ouvir:

— Mamãe, agora tenho dois homens só para mim! — e riram muito. A mãe ficou morrendo de inveja.

CAPÍTULO 18

A DÍVIDA DE MANOEL

Estava chovendo muito, uma chuva fina e constante. Na rua, as poças de água e o barro acumulado prejudicavam o trânsito das carroças e das charretes; os guarda-chuvas protegiam pouco, mas eram usados pelos homens e mulheres que transitavam pela avenida da Saudade, a primeira grande avenida da cidade.

Algumas semanas após o vencimento da dívida de Facundo, que resultou na perda de metade de sua fazenda, venceu a dívida de Manoel, que também não foi paga. Dr. Pafúncio Malamado leu a notificação que havia recebido do Banco do Brasil, com o prazo de quinze dias para realizar o pagamento.

— Manoel, trate de colocar suas terras à venda o quanto antes; você viu o que aconteceu com Facundo.

— As terras que dei em garantia não foram registradas no Registro Hipotecário. Isso não ajuda?

— Não. Estão devidamente relacionadas no contrato do banco e o juiz vai anular o contrato de compra e venda que fizemos para os filhos de Facundo; será uma questão de dias.

Passados alguns meses, o processo teve o mesmo desfecho que o de Facundo: as terras todas foram passadas para o Banco do Brasil, que também se recusou a oferecê-las em leilão. Acharam de bom alvitre assumirem a posse delas. Manoel se encontrava arrasado, mas não tinha do que reclamar; tomara na época um empréstimo vultoso e o pagara com as próprias terras. Resolveram se reunir para tomarem decisões com certa urgência e resolver as dúvidas.

Na reunião estavam presentes os fazendeiros, o advogado e Melquíades.

— Doutor Malamado, podemos tirar a produção de café que existe sobre as terras? — perguntou Melquíades.

— Sim, enquanto não reclamarem, você pode colher todo o café possível de ser colhido, transpor as mudas para outras áreas, como se as terras fossem suas, mas o credor é o novo dono, é o proprietário de tudo que está em cima da terra — esclareceu o dr. Malamado.

— E quais áreas podemos vender? A que foi hipotecada, ou a nossa área também? — continuou Melquíades.

— Vocês só podem vender o que é seu, a área hipotecada não lhes pertence mais. Mas, por raciocínio lógico, nem o banco nem os ingleses produzem café; querem apenas recuperar o dinheiro emprestado. Se você oferecer o valor da área será bom para eles, e, quanto mais rápido isso for feito, melhor.

— Então vamos decidir o que fazer o mais rápido possível.

Como já mencionado, a cidade de Ribeirão Preto era conhecida com a "*petit* Paris", com muitos teatros, bordéis, casas de jogos, bares — uma cidade luxuosa com diversões especiais e entretenimentos, com vida noturna repleta de mulheres, que atraía professores, médicos, advogados, intelectuais de toda ordem. Estes vinham pelos trilhos da Mogiana, que ali chegavam anunciados com antecedência pelos apitos da maria-fumaça.

Naquela manhã primaveril, a atendente do prédio majestoso foi até a sala de Celeste e anunciou:

— Senhorita, está na recepção um senhor da nobreza, o senhor Joaquim Tibúrcio, barão de Cangaíba, com seu advogado, que disse ter vindo de maria-fumaça especialmente para falar com a senhorita; mas não quis adiantar o assunto.

— Por favor, chame Eduardo para participar, é importante a presença dele.

Depois de alguns minutos, a atendente retornou informando que Eduardo estava inspecionando um projeto e precisaria de mais alguns minutos.

— Fale para o barão de Cangaíba que, como a reunião não foi marcada com antecedência, ele terá que esperar para ser atendido — respondeu Celeste.

— Mas, senhorita, trata-se de um nobre! Vamos pedir para esperar? Nem sei como falar isso!

— Então falo eu. Vamos!

Quando ela entrou na recepção, os dois se levantaram em sinal de respeito e a cumprimentaram.

— Senhor barão, como não soubemos da sua visita, estamos aguardando a presença do senhor Eduardo da Gama, que também deverá participar, mas está com outros compromissos e vai demorar um pouco. Peço a gentileza de aguardarem.

— Conheço bem os ingleses e sei como nos tratam, mas saiba que minha visita é do interesse da Brighton. Não gostei da sua observação, não precisamos do senhor Eduardo, mas aguardarei — disse Joaquim Tibúrcio.

— Vou pedir para servirem água e café para os senhores.

— Não, agora não, obrigado; somente depois que estivermos em sua sala.

— Agradeço sua compreensão, senhor barão — disse Celeste e retirou-se.

Depois de meia hora, a atendente avisou que poderiam entrar. Eduardo fora avisado da presença do barão.

— Pensei que voltaria a Campinas sem nos falar — disse sorrindo o nobre.

— As visitas importantes avisam com antecedência, para que possamos nos preparar para recebê-los da melhor maneira possível. Por isso pedimos desculpas pelo atraso involuntário, a culpa foi minha — falou Eduardo.

— Vamos ao que nos interessa. Soubemos pela última reunião em Campinas que a Brighton possui terras à venda; se a área for produtiva, temos interesse em adquirir. Trouxe até meu advogado para redigir os documentos se for preciso.

— As terras que podem ser vendidas são férteis e estão produzindo café normalmente, com a vantagem de que em Ribeirão Preto não existe solo ruim; aqui estão as melhores áreas do Estado — informou Celeste.

— Qual o tamanho da área e o valor?

— A área está localizada próximo à cidade, o que facilita o escoamento da produção; o terreno é plano e acessível, e está em plena produção — esclareceu Celeste.

— Qual o tamanho e o valor? — repetiu Joaquim Tibúrcio.

Celeste respondeu à pergunta com toda a atenção possível, enquanto o barão anotava em um pedaço de papel. Depois, perguntou:

— Posso ver os documentos?

— Estão no cofre, posso mostrá-los lá. Será melhor do que transportar os papéis para cá, barão. O senhor poderia me acompanhar? — pediu Eduardo.

— Meu advogado poderá acompanhá-lo; ficarei aguardando e agora aceito água fresca e um chá, como fazem os ingleses.

Celeste fez menção de acompanhar o noivo, mas Joaquim intercedeu:

— Não acho elegante a senhorita me deixar sozinho; por favor, fique, preciso resolver outras dúvidas enquanto eles examinam os documentos — disse gentilmente o barão, e Celeste não teve como escapar da investida; permaneceu mesmo a contragosto.

Passados alguns minutos, quando estavam sozinhos e saboreavam o chá inglês em finíssima porcelana importada, o barão perguntou:

— A senhorita sabe quanto custa o amor de um homem por uma mulher?

— Sei sim, estou noiva e sei quanto meu noivo me ama. E, se o senhor desejar, daqui a pouco ele estará de volta e o senhor poderá perguntar diretamente a ele — respondeu Celeste, prontamente e com segurança.

— Se a senhorita não puder avaliar o que sinto, posso esclarecer que, para tê-la em meus braços, farei o possível e o impossível; peço apenas que respeite os meus sentimentos e avalie por um só momento o que sinto quando vejo seus lindos olhos azuis, quando escuto sua voz. — Ele foi bruscamente interrompido pela italiana, que disse:

— Cale-se, barão, estou noiva de um homem bom e vamos nos casar, não tenho interesse em manter esse tipo de conversação! — Levantou-se irritada, empurrou a cadeira e saiu.

Passaram-se alguns minutos e retornaram à sala Eduardo e o advogado; Celeste não voltou. O barão falou:

— Vou aguardar a senhorita Celeste para continuar nossa conversa.

Como Eduardo não tinha conhecimento do que havia acontecido, ficou sem entender a ausência dela e pediu que alguém a chamasse. Ela compareceu. O nobre Joaquim Tibúrcio falou com descontração:

— Vejo pelas alianças que vocês são noivos! Desejo muitas felicidades ao jovem casal; pelo pouco que conheço, a senhorita Celeste é admirável e com certeza serão muito felizes — e continuou com desenvoltura: — Vamos ao que nos interessa. — Virou-se e perguntou para o advogado. — O que tem nestas terras?

— Pelo que vimos, somente plantações de café Bourbon.

— Como vamos cuidar do café sem um terreiro para a secagem, sem a tulha, depósitos, casas para os colonos? Enfim, a terra nua não me interessa; gostaria de entrar em contato com o proprietário para saber se tem interesse em vender a totalidade da fazenda. Vocês conhecem o fazendeiro? Qual o tamanho do resto da fazenda? Qual a produção de café? Qual o tipo de café que produzem?

Eduardo, como não conhecia o barão, quis ser gentil e antecipou-se:

— Celeste saberá responder a suas perguntas.

— Desculpe, mas precisaríamos saber em primeiro lugar se a fazenda está à venda. Em caso positivo, eles mesmos devem responder a essas questões comerciais — respondeu Celeste, para se ver livre do visitante incômodo e desrespeitoso.

— Doutor, o senhor anotou o nome do fazendeiro? Vamos procurá-lo. Aproveitaremos que estamos na cidade para saber se há interesse na venda — falou o barão para seu advogado.

— Se o senhor precisar de mais informações, estamos às suas ordens — disse Eduardo, e se levantaram para cumprimentar os dois senhores que tinham vindo de Campinas sem avisar.

Quando os dois senhores se retiraram, Eduardo, preocupado, quis saber o motivo de sua amada ter respondido às perguntas do barão com rispidez. Ela explicou que o conhecia das reuniões em Campinas e que se tratava de uma pessoa difícil, problemática, por isso o mantinha à distância, e não disse mais nada.

CAPÍTULO 19

A VENDA DAS FAZENDAS

O barão de Cangaíba informou-se e dirigiu-se até a fazenda para falar com Facundo; estava tentando resolver tudo para aproveitar a viagem. A tarde estava bem calma, uma brisa suave soprava e balançava as folhas das árvores, que, como num balé, mexiam-se harmonicamente em um belo espetáculo da natureza.

Facundo os recebeu com muita cordialidade. Por se tratar de um nobre, e para agradar o visitante ilustre, em vez de café ou chá, serviu vinho português com mandioca frita, que era a especialidade de dona Filó.

— É uma honra recebê-lo em minha casa, senhor Joaquim Tibúrcio, barão de Cangaíba!

— A honra é toda minha, senhor Facundo!

A conversa foi rápida. Não falaram da Brighton, pois o barão não queria constranger o devedor; tinha interesse apenas em realizar um bom negócio com a fazenda.

— Senhor Facundo, parece que somos amigos de longa data. O senhor tem interesse em vender sua fazenda?

— Sim, barão, estive pensando nisso ultimamente; já estou velho para continuar, meu filho é engenheiro, casou-se recentemente com a filha do vizinho — e apontou os lados da fazenda de Manoel —, o outro filho está acidentado, não pode trabalhar. Acho que se o senhor estiver interessado poderemos fazer um bom negócio.

— Então fale o preço, por favor, o tamanho da fazenda e a produção de café! — disse Joaquim, depois de muito vinho.

Facundo deu as informações solicitadas, e o barão ficou um pouco decepcionado:

— Pensei que fosse maior, estou precisando de uma grande área. O senhor tem os registros da produção de café?

— Sim, aqui plantamos o Bourbon, o café mais aceito em toda a Europa, e você poderá examinar os nossos livros no escritório com Constâncio, nosso guarda-livros. — Chamou o nobre por você, sem perceber a gafe, por conta do vinho, que aproxima as pessoas, segundo dizem.

Constâncio recebeu os ilustres visitantes em seu escritório com acentuada gentileza. Colocou os livros sobre a mesa e principiou a dissertar sobre números e valores.

— O senhor tem bela letra — elogiou o barão, pois realmente as páginas pareciam obras de arte, tal a perfeição da escrita a bico de pena.

— Essa letra não é minha, é de uma jovem imigrante italiana que trabalhou conosco por um tempo e escrevia muito bem — disse Constâncio.

Para descontrair um pouco, Joaquim brincou:

— Se der tudo certo com a fazenda, vou contratá-la — e riu com simpatia.

— Sim, será possível. Hoje ela trabalha na cidade, é uma boa moça, se chama Celeste.

O barão levou um choque e apoiou-se na mesa. Seria a mesma Celeste que ele conhecia?, pensou, e, aproveitando-se da atenção que o gerente do escritório lhe dava, perguntou:

— E por que demitiram uma funcionária tão boa assim?

— Ela quis trabalhar em Ribeirão Preto; por nós, estaria aqui até hoje — explicou Constâncio.

— Certamente aceitou uma oferta para ganhar mais — falou o nobre.

Invigilante e querendo agradar aquele que para ele era uma alta autoridade, Constâncio falou displicente:

— Na realidade, saiu porque estava passando por momentos difíceis em sua vida; estava grávida e decidiu mudar-se para a cidade, hoje parece que está muito bem, graças a Deus! Gostamos muito dela. — O barão assustou-se mais do que da primeira vez, ficou pensando um longo tempo e insistiu no assunto:

— Casou-se?

— Não, perdeu o filho, mas está muito bem, como lhe disse. Conseguiu um bom emprego, é inteligente, boa moça.

Nesse momento, Constâncio percebeu que fora irresponsável; arrependeu-se de tudo o que tinha dito para um estranho a respeito da moça que considerava sua filha, mas agora era tarde demais.

— E por que não se casou, você sabe?

Constâncio percebeu que o barão estava querendo saber demais sobre um assunto que não lhe dizia respeito e recuou, mas a besteira já estava feita; nisso reside o mal de se falar da vida dos outros. Ficou amargurado, sentido com o próprio comportamento reprovável.

— Não, não tivemos mais notícias.

— Quantos filhos ela tem?

— Como disse, senhor barão, não sei de mais nada, apenas que se trata de uma pessoa muito boa, aliás, toda a família.

— Será que ela aceitaria voltar, caso eu consiga comprar esta fazenda?

— Não tenho a mínima ideia, senhor barão.

O barão de Cangaíba e seu advogado fizeram várias anotações e voltaram para concluir a conversa com Facundo.

— Senhor Facundo, a produtividade da sua fazenda não é ruim, pode melhorar com um bom investimento, mas está boa; pena que a fazenda é pequena para as minhas intenções, gostaria de me estabelecer em Ribeirão Preto, uma região de terra *rossa*, a terra vermelha!

— Estive pensando, senhor barão. Meu vizinho pode se interessar pelo que estamos tratando, suas áreas fazem fronteira com as minhas.

Um mensageiro partiu da Fazenda Serra de Piracicaba e alguns minutos depois Manoel estava sendo apresentado ao barão para tratarem de possível negociação. Como a tarde corria rápido, viram que teriam de pernoitar na cidade, mas Facundo insistiu tanto, oferecendo os vários quartos da casa-grande, cobrindo os visitantes com excesso de gentileza, que não tiveram como recusar, embora o objetivo deles fosse conhecer a vida noturna da cidade.

No jantar foi servida uma sopa de fubá como entrada; os pratos principais foram costelinha de porco, purê de batata, arroz, salada com muito tomate e mandioca frita, especialidade de dona Filó . Manoel foi convidado e trouxe vinhos portugueses da melhor qualidade. No jantar de negócios, o assunto foi a venda das fazendas; os dois aceitaram vender suas áreas, falaram das dívidas, das hipotecas, ficou faltando a conferência dos livros de Manoel, que não fora feita ainda, para constatar a produtividade da fazenda.

No dia seguinte, quando o sol começou a iluminar mansamente a lateral da casa-grande, os pássaros cantavam em revoada, o orvalho dava brilho às flores, os funcionários davam início a mais uma jornada de trabalho, as copeiras, atenciosas, colocavam sobre a toalha de linho bordada com capricho leite, café, queijo, broas de fubá, diversos tipos de bolacha e mandioca frita. Os visitantes preferiram café com mandioca frita, e o barão aproveitou para esclarecer uma dúvida com Facundo:

— Por que o valor dado pelo senhor para vender as terras hipotecadas está superior ao valor pedido pela empresa credora?

— Para mim não há diferença se a área está hipotecada ou não, ela integra a totalidade de terras da fazenda, com tudo incluído, porteira fechada, como se diz por aqui. Considerando o café Bourbon plantado na área e a alta produção, está barato.

— Então vou comprar a parte hipotecada deles e o resto comprarei de você, sai mais barato. — O barão não sabia que a sugestão de Celeste corrigia essa distorção.

— Como preferir, o importante é que compre tudo! — disse Facundo, contrariado.

Quanto a Manoel, não restavam dúvidas quanto ao preço do alqueire, era o mesmo que estava sendo pedido por Facundo, porque, em relação ao processo de execução, apesar de encerrado, o Banco do Brasil ainda não havia se pronunciado. E saíram os dois da fazenda com o objetivo de examinarem os registros no Registro de Imóveis e no Registro Hipotecário, depois retornariam a Campinas ou aproveitariam a vida noturna da cidade.

CAPÍTULO 20

ALTA HOSPITALAR DE ABELARDO

Depois da chuva fina e constante, o chão estava molhado em alguns pontos. O sol voltou a brilhar novamente de mansinho e trouxe uma calmaria esquisita para o ambiente; o céu continuava nublado numa cor cinza-claro; para as flores aquela chuva fora um presente de Deus.

No hospital não havia doentes graves, todos estavam em pleno restabelecimento. Depois de longos dias, padre Euclides deu alta para Abelardo, que estava forte e disposto; foram muitos dias de sofrimento e dor, seu rosto tinha voltado ao normal, com cicatrização perfeita. Só a face direita estava um pouco inchada, mas tivera excelente recuperação.

A primeira coisa que Abelardo fez quando saiu da Santa Casa, depois de agradecer e beijar várias vezes as mãos do padre, e agradecer com beijinhos as enfermeiras que o haviam atendido com muita dedicação, foi comprar uma arma, pois conhecia um dos seus agressores, que fora seu parceiro de jogo no passado. Permaneceu na cidade para cumprir seus propósitos. Ficava revivendo a agressão sofrida. "Ele não me reconheceu, mas sei quem ele é", pensava. E começou a engendrar um plano de vingança.

— Abelardo, o que você vai fazer com essa arma? — perguntou um amigo, preocupado com a raiva de seu parceiro, que queria vingar-se.

— Acho que nada, uma garrucha velha como esta, cano longo, nem sei se vai funcionar. Vou fazer o teste agora. — Saiu no quintal do bar onde estava, mirou na parede de barro e puxou o gatilho; ouviu-se um estampido e um buraco foi aberto no muro. A garrucha tinha funcionado, apesar de toda a ferrugem que a envolvia.

Reabasteceu com novo cartucho e pronto, julgava-se preparado para ir à desforra, e assim o fez. Foi a cavalo até próximo de umas chácaras do bairro Ipiranga e começou a procurar por um tal de "Luiz Cabeça de Bode", que era seu agressor; lembrava-se do nome por ser esquisito, mas não se recordava bem da pessoa. Não demorou muito, disseram onde esse Luiz estava morando. A região era muito pobre, com algumas chácaras, e a casa ficava próximo de uma grande mangueira, num local isolado. Aproximou-se, reconheceu o moço, mas não tinha certeza, então foi logo perguntando:

— Você viu o Luiz Cabeça de Bode?

— Luiz sou eu. Se for para fazer algum serviço, precisa pagar bem.

Abelardo, que era bem mais forte que o outro, juntou o jovem pelo pescoço e o encostou na cerca com violência.

— Lembra-se de mim?

— Malandro, não conheço você, não, mas pelo cavalo deve ser grã-fino.

— Eu sou aquele que você queria matar naquela manhã e não conseguiu, na Fazenda Serra de Piracicaba. Você estava com seu amigo; agora é a sua vez de morrer! — Sacou a garrucha e a encostou na cabeça do rapaz.

— Não me mate, agora me lembro de você, você é o Abel. — Nas bancas de jogo, "Abel" era o apelido de Abelardo. — Não me mate! Não me mate, Abel! Naquele dia, quando vi que era você, joguei a faca longe e falei para meu companheiro que a perdi na briga. Fiz isso porque reconheci você, fomos companheiros de jogatina. O negro que nos contratou falou de outra pessoa, outro nome, um nome complicado. Quando atacamos era você, fomos enganados, Abel, pegamos a pessoa errada. Não me mate, Abel!

— E por que não desistiu? Por que não fugiu?

— Abel, o dinheiro era muito bom, batemos até você desmaiar e fomos embora pegar a grana.

— Vocês quase me mataram, seus desgraçados!

— É porque você não desmaiava; batia, batia e você não apagava.

— E onde está seu amigo?

— Ele teve uns problemas sérios e fugiu para Minas Gerais; se voltar vão matá-lo.

— Quem pagou você para me matar?

— Foi um negro que cuida de cavalos na fazenda vizinha. Me perdoe, Abel, sei que você é rico. Arruma um dinheirinho para eu levar comida pra minha família.

— Luiz Cabeça de Bode, você tenta me matar e ainda pede dinheiro?

— Justamente por isso; reconheci meu amigo Abel e não o matei!

— Tenho só isso comigo — e mostrou um pouco de dinheiro. — Vou deixar tudo com você, mas pare com essa vida de bandido!

— Abel, é pouco dinheiro, me deixa a garrucha também!

Abelardo ficou com raiva da desfaçatez do pedido, colocou a garrucha na cabeça de Luiz e perguntou:

— Aqui está bom? — e puxou o gatilho de maneira que a bala fosse direto para o tronco da mangueira. — Não matei porque reconheci o Luiz Cabeça de Bode, meu amigo de jogatina. Mas você deveria ser Luiz Cabeça de Burro, porque é muito burro. Vai ver aonde a vida vai te levar, e depois não fale que não avisei!

Abelardo havia partido em desabalada carreira até a fazenda de Manoel para falar com Mariano. Foi raciocinando: "Quem será que ele queria matar? Eu não sou, nunca tive nada contra ele. Meu irmão também não, aliás, meu irmão é melhor do que eu, não se intromete na vida de ninguém. Será que a pessoa que Luiz falou é o Mariano mesmo?".

Chegando à fazenda vizinha, Abelardo foi logo procurando pelo cuidador de cavalos. Foi informado de que ele teria ido para seu sítio resolver algumas coisas. Explicaram onde era, ele se lembrava de uma casa com varanda; não perdeu tempo e correu até lá. Ao se aproximar, notou a presença de dois cavalos encilhados; queria conversar em particular com Mariano, mas ele parecia estar com alguém. Reparou melhor e viu que a sela de um dos cavalos era feminina.

— Será que ele está com uma mulher no sítio? Não vou interromper.

Nisso, Mariano, escutando o barulho do cavalo, apareceu na porta e falou:

— Abelardo? Graças a Deus você saiu do hospital. Em que posso ajudá-lo?

— Vi que está ocupado, volto depois.

— Estou com um amigo, amanhã nos falamos. Fico feliz que esteja bem!

Abelardo ficou pensando: "Acho que Mariano me chamou de burro, reconheço uma sela feminina de olhos fechados. Que mulher ele está querendo esconder? E a sela é fina! Como está entardecendo, logo terão que voltar, e minha curiosidade é mais forte que eu".

Ao retornar, resolveu esconder-se em uns arbustos para descobrir a mulher do jovem negro, que tinha pagado alguém para matá-lo. Poucos minutos depois passou uma jovem a cavalo em alta velocidade. Reconheceu Rigoleta, a mulher do seu irmão; saiu do esconderijo e continuou seu trajeto à fazenda. Todos o receberam com festa. Estava só um pouco diferente, mas não se sentia fraco, ao contrário, queria resolver os problemas que haviam aparecido após a surra que quase o matara.

Faltavam alguns minutos para o jantar; Abelardo estava com saudades daquela comida deliciosa da casa de sua mãe. Depois dos cumprimentos, seu pai o advertiu:

— Tome um banho e vista-se corretamente para o jantar.

Ninguém jantava fora de horário e sem a roupa adequada, que para o homem era terno e gravata. Depois que o chefe da casa colocava na boca a primeira porção de comida, com garfo de prata, estavam todos autorizados a iniciarem a refeição. Na mesa estavam Facundo e Filó, Melquíades, Rigoleta e Abelardo, "o sobrevivente", diziam rindo. As copeiras, duas negras simpáticas, serviam a mesa e não permitiam que as taças de vinho permanecessem vazias, conforme o treinamento que haviam recebido de dona Filó. Também era costume o chefe da casa fazer perguntas, que iniciavam a conversação, depois da oração de agradecimento a Deus.

— Deus, nosso Pai Todo-poderoso, agradecemos pelo alimento que estamos recebendo em nossa mesa. Amém! — e logo em seguida: — Abelardo, hoje você é o rei da mesa, conte-nos como foi sua recuperação. Você gritava muito quando tomava injeção? — perguntou Facundo rindo, feliz pelo filho que estava bem.

— Pai, quando eu dizia que não queria trabalhar, estava certo mesmo. No meu primeiro dia de trabalho, levei uma surra monumental. — Todos riram muito. — E agora estou sem coragem de recomeçar! — Riram mais ainda. — Mas, pai, falando sério, hoje sou outra pessoa; os dias que fiquei hospitalizado serviram para que pudesse rever minha vida, as conversas que tive com padre Euclides mudaram meus sentimentos, sou outra pessoa, pai — falou ele com emoção. — Pai, você precisava ver a primeira visita do padre quando voltei do coma. Ele perguntou: "Filho, o que você faz da vida?". Eu não sabia o que responder — e chorou com sinceridade. — O hospital curou não apenas minhas feridas, mas também a minha alma. Aprendi muito com aquele padre, ele também me ensinou a orar para São Sebastião, que é o padroeiro da cidade.

— Que bom ouvir isso, filho! — disse Facundo. E, depois de longa pausa, olhando para Melquíades, perguntou:

— E você, Melquíades, como foi o seu dia?

— Em primeiro lugar, queria dizer que estou muito feliz pela volta do mano! Em segundo lugar, queria pedir para ele sair de casa sempre comigo, que é mais seguro! — Todos riram. Abelardo pensou em falar algo a respeito, mas aquietou-se, não era o momento. — Pai, meu dia foi corrido, as chuvas de ontem fizeram alguns estragos na baixada, tivemos que replantar alguns pés de café, mas não perdemos nenhum; estive ocupado durante todo o tempo, foi um dia cansativo.

— E você, Rigoleta, o que me conta de novo? — perguntou Facundo com simpatia.

— Hoje também foi muito produtivo para mim, de manhã estive com minha mãe, estou aprendendo a bordar toalha de mesa com linha turca. Está ficando linda demais, depois mostro para vocês!

— Mostrar, não. Vamos usá-la num jantar magnífico! Ela serve nesta mesa? Quando acha que ficará pronta? — perguntou Facundo, sinceramente interessado, e completou: — E sua tarde, como foi? — Nesse ponto, Abelardo ajeitou-se na cadeira e esvaziou sua taça de vinho para preparar-se para o que viria.

— A parte da tarde foi muito triste, fui socorrer uma amiga — respondeu com naturalidade, havia se preparado para esse interrogatório.

— Essa sua amiga mora com Mariano? — perguntou Abelardo. Rigoleta ficou ruborizada.

— Não, não mora com ele, está lá por pouco tempo — respondeu a moça.

— Fui até o sítio para falar com Mariano e vi seu cavalo, mas não sabia da sua amiga.

— Realmente eu estava lá, vi quando você chegou. Mariano não o convidou para entrar porque estava escondendo a moça, vou contar o que aconteceu. — Procurou fazer uma pose teatral. — Ela é negra e está sendo procurada, acusada de um furto que não cometeu. Na fazenda onde morava sumiu um objeto de muito valor, acho que um vaso egípcio; acusaram-na e ela pode levar muitas chibatadas e até morrer por isso.

— Você não acha perigoso se envolver com isso, meu amor? — disse Melquíades.

— Me envolvi sem querer. Estava na cocheira entregando meu cavalo quando a vi num canto, chorando. Mariano contou-me tudo, então sugeri que seria mais seguro se ela fosse para o sítio, e foi o que fizemos.

— Rigoleta, você tem que tomar cuidado com essas coisas. — Facundo olhou para ver se as serviçais estavam distantes e falou: — As negras que moram em fazenda gostam de fazer essas coisas para ganhar algum dinheirinho extra, tome cuidado para não entrar numa enrascada!

— Só me envolvi por causa de Mariano, que é uma pessoa de confiança. Como ele explicou o caso, quis ajudar, mas vou tomar cuidado.

— Por que ele não levou a moça sozinho? Por que você foi junto? — perguntou Abelardo, desconfiado.

— Da próxima vez, não vou mais!

— Isso, afaste-se, e pediria a todos que este assunto morresse aqui, para não prejudicar ninguém — falou Melquíades.

— Não acho que Mariano seja de confiança — Abelardo disse olhando para Rigoleta —, mas você o conhece há mais tempo do que eu. Tenho alguns assuntos para tratar com ele amanhã, pretendo resolver algumas pendências.

— Está vendo? Por isso não queria contar nada! Agora até Mariano poderá ser incriminado! — falou Rigoleta, desesperada com o rumo que a conversa tinha tomado, forçando um choro que não saiu.

CAPÍTULO 21

A VENDA DAS FAZENDAS

Os raios de sol logo pela manhã anunciavam o calor característico da região conhecida como a maior produtora de café do Brasil. Os ventos suaves que sopravam de vez em quando não amenizavam o sofrimento das flores que rodeavam o prédio majestoso da Brighton. Desta vez, o barão de Cangaíba e seu advogado tinham avisado com antecedência a data em que estariam na cidade. Os investidores ingleses pretendiam vender os lotes recebidos de Facundo. Celeste os atendeu com a gentileza que dispensava a todos os clientes e fornecedores, mas aqueles eram conhecidos, então toda precaução era aconselhável, principalmente por estar sozinha. Eduardo estava viajando para Minas Gerais a trabalho.

— Bom dia, senhor Joaquim Tibúrcio, sejam bem-vindos. Fizeram boa viagem?

— Bom dia, senhorita. Sim, viemos apreciando a velocidade e os apitos da maria-fumaça, a natureza, as plantações, os lagos, e, apesar de ser uma viagem longa, o tempo passou rápido. Pelo jeito, nada de chuva nesta região.

— Como temos a maior produção de café do Brasil, não podemos reclamar da chuva; a quantidade que recebemos do céu é suficiente para atender as nossas plantações — disse Celeste com simpatia.

— E o seu noivo, Eduardo, como está?

— Eduardo está viajando. A diretoria me delegou poderes para resolver e tomar algumas decisões, pois o assunto está bem encaminhado.

— Isso mesmo. Pretendemos fazer uma operação uniforme com todos os envolvidos, portanto vamos confirmar a participação da Brighton e dos dois fazendeiros. Se todos concordarem, faremos a aquisição — afirmou o nobre.

— Se preferirem, poderemos marcar aqui uma reunião com os dois, os senhores Facundo e Manoel, pois, pelo que fomos informados, ambos têm a mesma proposta, e nosso escritório estará à sua disposição para redigirem os documentos necessários.

— Excelente sugestão; se aceitarem faremos tudo aqui — respondeu o barão.

— Mas a reunião com os fazendeiros terá que ser amanhã; hoje não temos tempo suficiente para discutir tudo o que uma compra deste nível requer. Vamos mandar um mensageiro agora às fazendas e saber se concordam e se estarão disponíveis.

— Quanto tempo demora? — perguntou o barão.

— Duas horas para ir à fazenda e voltar dela a cavalo — confirmou Celeste.

— Senhorita Celeste, não temos outro jeito, vamos aguardar a volta do mensageiro. Enquanto isso, por favor, sirva-nos água, chá e bolachas — pediu o barão, sorrindo.

— Hoje preparamos água, chá e bolo de fubá, além de um queijo mineiro especial — respondeu Celeste.

A mesa ficou repleta de cristais e louças importadas. Logo após degustar um pedaço de bolo com chá de hortelã, o advogado, numa atitude combinada, pediu licença para ir até o Banco do Brasil, que ficava ao lado do prédio, para ficarem na sala apenas Celeste e o barão. Celeste foi enérgica e falou antes da saída do causídico:

— Recuso-me a ficar com o senhor Joaquim, barão de Cangaíba — falou olhando firme para seu interlocutor. — Sairei da sala, e o senhor poderá ficar à vontade até o retorno do seu advogado.

— Senhorita Celeste, a senhorita está sendo indelicada comigo, mas, se quiser, pode me deixar, mesmo sendo um assunto tão importante o que estamos discutindo. — Olhou para o advogado e o autorizou a sair. Celeste aproveitou e saiu também, e o barão ficou sem saber o que fazer, olhando fixo para o queijo, que estava uma delícia.

Depois de retirar-se, Celeste começou a pensar que tinha sido muito dura com o barão. Estavam em fase final de negociação; e se ele desistisse de tudo? Se não desistisse, somente o teria pela frente até o dia seguinte, depois não o veria tão cedo. Principiou a raciocinar que tinha exagerado; naquele dia, ele não tinha sido desrespeitoso, mas ela chamara sua atenção.

Em menos de duas horas, o cavaleiro retornou da fazenda, confirmando para o dia seguinte, às nove horas, a reunião com os dois fazendeiros. O barão, retraído pelo acontecido, agradeceu pelas providências que tinham sido tomadas e disse que retornaria conforme combinado.

Antes de se retirar, porém, aproveitando a ausência do advogado que o acompanhava, disse com segundas intenções:

— Celeste, quero pedir desculpas pelos erros que cometi. Permiti que o meu coração falasse por mim e errei, desculpe-me, prometo que saberei me comportar. Não queria magoá-la nem desrespeitá-la, aprendi a valorizar as mulheres ouvindo suas considerações para comigo. Você me ajudou, ainda tenho muito o que mudar, mas comecei a mudança com você. Peço desculpas, uma vez mais.

— Não tenho do que desculpá-lo, senhor barão. Amanhã será um novo dia, continuarei uma noiva feliz, respeitando o senhor, mesmo que o senhor não acredite.

— Mais uma coisa, Celeste: aceita jantar comigo? Amanhã, depois da reunião, não voltarei mais a esta cidade.

— Agradeço, mas não posso. À noite cuido dos meus irmãos, reviso as matérias da escola, tenho outras tarefas domésticas a fazer. Mesmo que pudesse não iria; sou noiva, como o senhor sabe. Muito obrigada pelo convite, boa noite.

— Para quem ficou grávida de um homem, não teve o filho, agora está noiva de outro, acho que não tem nenhum problema jantar comigo.

— O senhor ouviu minha resposta, tenho que cuidar dos meus irmãos. Boa noite!

Sentiu-se profundamente ofendida e foi chorando pelas ruas da cidade, sem destino, caminhando e sofrendo com o que acabara de ouvir. Nunca tinha sofrido uma agressão tão dolorida, não estava suportando tanta dor. Ia continuar andando, mas teve ímpetos de dobrar a esquina e se deparou com aquela casa simples, pobrezinha, que ela conhecia muito bem, com a placa "Casa de Oração". Entrou sem pensar, puxou um dos papéis que estava na mesinha da entrada, onde estava escrito, com uma letra feia, numa folha de caderno: "Vinde a mim todos vós quando estiveres sobrecarregados e aflitos, e Eu vos aliviarei. Jesus". Sentou-se num banco comprido de madeira e orou com fervor: "Senhor Jesus, não estou suportando o peso dos erros que cometi, sou uma infeliz pecadora, não mereço nada, tem piedade de mim. Sou pecadora, meu futuro é incerto, não sei o que será de mim. Não sei o que fazer da minha vida, Senhor. Ajude-me!".

Seu protetor espiritual aproximou-se e a abraçou. Ela continuava permitindo que as lágrimas molhassem seu rosto, e, por intermédio do médium Juvenal, homem simples, analfabeto, falou para sua protegida:

— Minha irmã, nós a vimos andando pelas ruas da cidade e a trouxemos para cá. Sua prece foi ouvida, e Jesus pede para lhe dizer que Ele não pensa assim de você! Disse que não se esquece de você; Ele te ama muito e disse que tudo vai passar mais rápido do que você imagina, muito rápido. A partir deste momento, eu, seu anjo da guarda, sempre estarei ao seu lado. Jesus tem cuidados especiais com você. Isso vai passar. Amanhã será um novo dia!

Celeste foi se acalmando e chegou em casa bem diferente, com outro ânimo, pensando: "Que bom, Jesus pensa em mim!".

CAPÍTULO 22

A CONCRETIZAÇÃO DOS NEGÓCIOS

As nuvens estavam caminhando ao sabor dos ventos e o céu azul estava forte, esplendoroso. O sol brilhava desde os primeiros momentos naquela linda manhã de primavera; o calor vagarosamente invadia todos os lugares da cidade, mantendo o frescor das flores e o brilho das folhas. Os pássaros cantavam felizes e faziam grandes revoadas para mostrarem o encanto do dia.

Celeste chegou pontualmente às sete horas da manhã ao escritório, fortalecida espiritualmente após as orientações recebidas do seu protetor espiritual, e preparou-se para a reunião, que deveria ser tranquila, pois os valores estavam definidos. Separou a documentação que deveria usar; Eduardo continuava em viagem, só deveria retornar na próxima semana.

Do outro lado da cidade, o coronel Schmidt, cujo apelido era Alemão, conhecido como Rei do Café, que chegou a ter mais de sessenta fazendas em seu grupo cafeeiro — somente em Ribeirão Preto tinha doze fazendas produtivas —, era sem dúvida o maior produtor mundial de café. Seu escritório estava localizado no centro administrativo da Fazenda Monte Alegre, e, lutando para aumentar sua produção, naquela manhã, chamou seu gerente administrativo, Marcondes de Souza, e gritou:

— Marcondes, como é possível duas fazendas sendo negociadas sob o meu nariz sem que eu tenha a oportunidade de participar das negociações?!

— Alemão, o negócio não foi concretizado, precisamos saber das condições. Fui informado de que a Brighton está participando.

— A Brighton é impossível! Eles não plantam nada; só vendem para quem planta! Mas converse com os ingleses; quem sabe eles informam alguma coisa sobre essas fazendas. Não podemos ficar de fora!

— Calma, Alemão, vamos descobrir tudo. Tenho que investigar!

— Você sabe quem são os compradores?

— Não sei nada, mas vou saber — respondeu Marcondes.

— Corra, moleque! — Alemão se preocupava em ampliar sua produção de café a qualquer custo.

As negociações geralmente eram sigilosas; as combinações e os acordos entre as partes eram mantidos em segredo absoluto, para não resultarem em prejuízo financeiro a nenhum dos interessados.

Mas Marcondes era hábil nas pesquisas, nas investigações. O importante era mostrar que não havia interesse, para ir se infiltrando, e depois fazer a proposta vencedora. E assim foi feito. Às oito horas da manhã, como era um dos principais clientes da Brighton, Marcondes estava reunido com Celeste, tentando saber o que os ingleses estavam vendendo. Ela não tinha nada a esconder, pois não eram produtores de café, e falou o valor das áreas que haviam sido hipotecadas, pois o interesse da Brighton era se desfazer delas; tinham um potencial comprador, mas nada certo, estavam em negociação. Marcondes perguntou se era algum concorrente do patrão dali da região, e Celeste respondeu que era um barão de Campinas, sem citar nomes.

Quando Alemão soube que a região dele poderia ser invadida por alguém de fora, ficou enfurecido:

— Não permitirei que nenhum estranho entre no meu domínio! Imagine se vou permitir que alguém de Campinas venha atrapalhar meu império! Não quero pardal na minha horta!

Não tomaram conhecimento dos preços pedidos por Facundo e Manoel, mas souberam que a reunião para arrematação das propriedades seria às nove horas, dali a alguns instantes. Alemão deu ordens para seu subordinado:

— Não vamos falhar desta vez. Conheço as duas propriedades e tenho interesse nelas.

Recentemente haviam perdido uma fazenda, pois não tinham feito a proposta a tempo. Agora queriam aperfeiçoar as negociações com rapidez e eficiência, lutando para não perder. A política local era dominada por fazendeiros de café que tinham títulos militares honoríficos, sendo que a grande disputa ficava entre o coronel Schmidt, o Alemão — detentor da maior propriedade cafeeira do mundo —, e o coronel Joaquim Junqueira, o Quinzinho — líder político da família Junqueira, que não participara dessa negociação.

A reunião na Brighton começou com atraso. Os vendedores demoraram para chegar e jogaram a culpa nos cavalos. Às dez horas, Marcondes chegou ao prédio, usou do seu prestígio e pediu licença a Celeste para uma conversa particular. Ela sabia das intenções dele, mas não acreditava que iria comparecer. Porém, o homem aparecera e estava lá.

— Senhorita Celeste, preciso dar uma palavrinha com esse pessoal — e tratou de convencê-la da importância dessa interrupção. Acabaram por entrar na sala onde todos estavam reunidos.

— Senhores, peço licença para interromper nossa reunião. Apresento-lhes Marcondes, empresário da cidade, que gostaria de falar um minuto com vocês — disse Celeste com segurança.

Facundo e Manoel o conheciam e o cumprimentaram com simpatia. O barão de Cangaíba não gostou da interrupção.

— Senhores, peço desculpas por atrapalhar a reunião. — Depois dos cumprimentos cordiais, entreolharam-se, sem entender a razão daquela invasão. — Não sei se me conhecem, sou representante do Alemão, da Fazenda Monte Alegre. — Os vendedores o conheciam e sabiam da importância dele. Joaquim Tibúrcio só tinha ouvido falar do famoso Alemão. — Se for possível, gostaria de conversar a sós durante cinco minutos com os vendedores; é um assunto urgente, de extrema importância.

— Não, não permitiremos que o senhor interrompa nossa conversa, nós nem o conhecemos! — falou o barão com certa irritação.

— Não quero prejudicar a reunião, apenas dar um aviso para os vendedores em particular.

— Você não pode falar aqui, na frente de todos? — quis saber Facundo. — É assunto proibido?

— Não, podemos conversar abertamente. Vocês definiram o preço da venda das terras?

— Sim, definimos .

— Posso saber o valor? — perguntou Marcondes.

— Não, isso é de nosso interesse exclusivo, não queremos divulgar — tornou o barão de Cangaíba.

Celeste estava acompanhando a reunião com atenção redobrada. Sabia da importância de Marcondes e de quem ele representava.

— Acho que podemos divulgar, pois será público daqui a instantes — falou Facundo.

— Por quanto está sendo vendida a área? — perguntou Marcondes. Facundo falou o preço, com a concordância de Manoel.

— Muito bem, não se trata de leilão, não quero prejudicar a negociação de ninguém, mas tenho autorização para oferecer muito mais do que isso — disse Marcondes.

— Chega! Pensei que estivesse negociando com pessoas sérias! Vocês estão brincando comigo? — indagou o barão, revoltado.

— Senhor, aqui em nossa região trabalhamos às claras, sem esconder nada de ninguém. Podemos oferecer aos vendedores dez por cento acima desse valor, para pagamento à vista — informou Marcondes.

Diante disso, o barão de Cangaíba e seu advogado reuniram os papéis que traziam, colocaram-nos na pasta e saíram xingando os fazendeiros:

— Vocês são um bando de moleques! Vão pagar por todo o tempo que perdi viajando para cá para não dar em nada — reclamou o nobre.

— É justo cobrar; faça as contas que pagaremos! — respondeu Marcondes.

Joaquim Tibúrcio, o barão de Cangaíba, saiu batendo as portas, extremamente revoltado, jurando que nunca mais voltaria a Ribeirão Preto. Facundo e Manoel se abraçaram e agradeceram Celeste por ter permitido a entrada de Marcondes, e ali mesmo combinaram pagar a ela uma comissão pela ajuda que haviam recebido, estimulados por Marcondes, que disse que a comissão era merecida, pois fora ela quem dera todas as informações de que precisava e facilitara a entrada dele na sala.

Mas a reunião não havia terminado. Facundo tinha uma área menor, em virtude da hipoteca; Manoel ainda não havia perdido as áreas para o Banco do Brasil, porque o processo estava em andamento, então iria receber o total e pagar ao banco as terras hipotecadas. Marcondes disse que as terras hipotecadas de Facundo seriam pagas diretamente à Brighton, pelo mesmo valor das terras que seriam pagas aos fazendeiros.

Naquele momento de alegria, Facundo esqueceu-se completamente do passado e das desavenças que tivera com a jovem italiana. Abraçou-a várias vezes e agradeceu muito o que ela tinha feito por eles. Celeste, feliz com o resultado das negociações, lembrou-se do médium Juvenal e de suas palavras na noite anterior: "Amanhã será um novo dia!".

Devido à polpuda gratificação recebida dos fazendeiros, Celeste providenciou para ambos todos os documentos necessários à transação, como forma de colaborar, e foi admirada por sua capacidade e experiência. Fez mais duas reuniões em Campinas, sempre acompanhada por Francesco, mas nunca mais viu o barão de Cangaíba. Disseram que ele havia se mudado para Santos.

CAPÍTULO 23

A INVESTIGAÇÃO DE ABELARDO

O sol brilhava, indiferente às nuvens que traziam a chuva passageira. As folhagens se alegravam, era o alimento que queriam, junto com as flores, que pareciam sorrir com aquelas gotas que caíam do céu.

No estábulo da fazenda de Manoel, os cavalos permaneciam inquietos, apesar de bem alimentados, limpos e cuidados.

Abelardo procurou Mariano logo pela manhã. Esperou que ele entrasse no estábulo, aproximou-se e perguntou secamente:

— Por que quis me matar se nunca fiz nada para você?

— Deus me livre, Abelardo, nunca quis matar ninguém! Muito menos você! — respondeu Mariano, visivelmente nervoso.

— Você está mentindo e vou provar. Reconheci um dos rapazes que me atacou naquela manhã, era meu colega de jogatina. Quando saí do hospital, fui ao encontro dele perguntar o motivo de estar querendo me matar.

— Não estou entendendo.

— Explico melhor: você pediu para dois rapazes me matarem e eles não conseguiram; estou vivo. Entendeu agora?

— Mas eu não fiz isso, não tenho nada contra você!

— Esse meu colega de jogo disse mais: que houve um engano, era para matarem outra pessoa e me pegaram por engano. Mariano, quem você estava querendo matar e não conseguiu? — Abelardo pressionava Mariano, empurrando-o contra a parede do estábulo.

— Pelo amor de Deus, eu não quis matar ninguém! — mentiu apavorado.

Nisso, Abelardo sacou a garrucha e a encostou na cabeça dele.

— Se não falar, vai morrer agora, negro safado! — e engatilhou a arma.

— Não faça isso! Não faça isso! — Em fração de segundos, Mariano viu desmoronar sua vida de alegrias que estava vivendo com Rigoleta no belíssimo sítio. "Tudo acabou", pensou.

— E tem mais: que história é essa de que você escondeu uma negra ontem no sítio? Pensa que eu sou bobo? Pensa que acredito nestas mentiras? — disse Abelardo, empurrando Mariano para o chão.

— Não sei de negra nenhuma; menti ontem porque fiquei apavorado quando você viu que eu estava com Rigoleta. Mas não falei de negra nenhuma, falei que estava com um homem. Porém, sabia que você descobriria, porque você viu o cavalo dela. Não me mate! Não me mate!

— Você vai morrer, porque tentou matar uma pessoa e me atacaram por engano, e agora está ficando com a esposa do meu irmão. Vou pedir pra ele matar você, seu bandido! E você vai morrer, crime de traição é grave; negro com filha de fazendeiro dá morte, você sabe! E vou vingar meu irmão, que está sendo traído vergonhosamente por você, bandido! — Abelardo parou, pensou, olhou para a arma e continuou: — Espere aí. Agora estou entendendo... Será que não era o meu irmão que você queria matar? Vire de costas e ponha as mãos para trás, já!

Sempre apontando a arma para o infeliz, pegou uma corda na parede do estábulo e amarrou as mãos do negro, depois os pés, e depois o amarrou à divisória do estábulo. Verificou se não tinha alguma arma, tomou distância, guardou a própria arma e chutou com força a cabeça de Mariano, que desmaiou. Quando estava saindo do estábulo, viu que Rigoleta vinha em sua direção. Manteve-se calmo, e ela perguntou:

— Viu Mariano por aqui?

— Vi, sim. O que você quer com ele? — Ela estranhou a pergunta, mas respondeu:

— Nada, só queria saber do meu cavalo.

— Rigoleta, você sabe para onde foi a negra de ontem? Mariano, o seu amante, disse que ela não existe, que ontem inventaram isso para eu não descobrir que vocês estavam no sítio — falou Abelardo, analisando o desespero da moça.

— Você ficou louco?

— Fiquei, sim, venha ver o que eu fiz. — Mostrou a arma e a levou para dentro da cocheira, onde estava caído o amante.

— Meu amor, minha vida. — Rigoleta pensou que o negro estava morto e começou a chorar, tentando socorrê-lo, enquanto abraçava e beijava o amor de sua vida.

— Agora você vai morrer também, sua vadia! — Empurrou Rigoleta para o mesmo canto, fez ela se deitar, amarrou-a com firmeza e deu uma coronhada na cabeça dela com a garrucha enferrujada. A arma partiu-se ao meio. Aproveitou que ela também estava desmaiada e correu para buscar seu irmão, afinal, era assunto para ele resolver.

E assim fez, saindo a galope para a fazenda vizinha. Quando voltaram, porém, os dois tinham fugido. Como tinham ido a cavalo, talvez não estivessem longe.

Nisso, Manoel surgiu gritando:

— Já estou sabendo de tudo, não quero mortes na fazenda, principalmente agora que conseguimos vendê-la; pretendemos mudar para Portugal. Os dois fugiram para Minas Gerais e não voltarão mais, vão seguir a vida deles. Desculpe, Melquíades, me sinto culpado por ter obrigado minha filha a se casar, foi um projeto que não deu certo[1]. Desculpe por causar tantos problemas a você e a toda a sua família!

— Tudo bem, Manoel, a fuga foi uma solução para evitar derramamento de sangue. O homem ainda não aprendeu a

---

1 "Mas nem a lei civil, nem os compromissos que ela determina, podem suprir a lei do amor, se esta não presidir a união. Disso resulta, frequentemente, que aquilo que se uniu à força por si mesmo se separa, e que o juramento pronunciado ao pé do altar se torna um perjúrio, se foi dito como simples fórmula. São assim as uniões infelizes, que se tornam criminosas. Dupla desgraça, que se evitaria se, nas condições do matrimônio, não se esquecesse da única lei que o sanciona aos olhos de Deus: a lei do amor" (O Evangelho segundo o Espiritismo, capítulo XXII — Não separar o que Deus juntou, item 3).

amar, é uma pena que isso aconteça — respondeu Melquíades, compreensivo.

Facundo e Filó também se mudariam para Portugal. Alemão iria acrescentar essas duas fazendas ao grupo da Companhia Monte Alegre e atingir o total de 62 fazendas que produziam o café Bourbon, mantendo assim o título de Rei do Café, o maior produtor mundial de café de Ribeirão Preto.

Melquíades e Abelardo foram contratados pela Monte Alegre para fiscalização e administração da produção de café. O pai os convidou para fazerem faculdade em Coimbra, em Portugal, mas não aceitaram deixar o Brasil. Abelardo, preocupado com a separação do irmão, quis aconselhá-lo a conhecer outras mulheres, mas Melquíades foi claro:

— Só amei uma mulher na vida e a fiz sofrer muito, devido ao meu egoísmo e ignorância. Agora aceito meu destino; se tiver que conhecer alguém, Deus proverá.

— Mas, mano, você não amava Rigoleta?

— Não, estava apenas obedecendo nossos pais, e vi que não dá certo uma união por interesse e sem amor!

CAPÍTULO 24

NA CIDADE DE RIBEIRÃO PRETO

Celeste recebeu gratificação significativa dos ingleses pela boa negociação das terras que tinham sido hipotecadas. Com todo o dinheiro de comissões e gratificações, seu pai abriu uma grande loja de implementos agrícolas, com a ajuda do filho Francesco. Depois de alguns anos, precisou abrir filiais em outras cidades, como São José do Rio Preto, Cravinhos, Ituverava, Campinas, Piracicaba, tornando-se um grande empresário do ramo agrícola, sem se descuidar dos trabalhos assistenciais que realizava duas vezes por semana. Francesco formou-se em Engenharia Civil alguns anos depois de casado, concretizando seu sonho.

Celeste também modificou a Casa de Oração, aparelhando a cozinha e edificando salas de aulas. Convém lembrar que, na época áurea do café, Ribeirão Preto recebeu mais de 19 mil imigrantes italianos na primeira década do século XX, que vieram em busca de trabalho na terra *rossa*, a famosa terra vermelha dos cafezais. E é justo que muitas dessas famílias precisassem de ajuda, também oferecida por outras religiões ou clubes de amigos.

Na cozinha da Casa de Oração, atendiam-se os que precisavam do prato de sopa, não sem antes ouvirem a palavra edificante, o alimento espiritual, e depois vinha o alimento propriamente dito. No início das atividades, foram intimados pela força policial da cidade, por uma portaria do delegado de polícia que proibia o contato com os Espíritos, mas a força do trabalho assistencial foi tão significativa, e produziu tão boas repercussões na cidade, que passaram a trabalhar normalmente sem serem incomodados.

Foram instituídos os cursos doutrinários de estudo de *O Livro dos Espíritos* e de *O Que É o Espiritismo,* de Allan Kardec. O estudo de *O Livro dos Médiuns* era apenas para os que tinham concluído os cursos anteriores.

Os filhos Dosolice, Valentino e Pietro se formaram professores, tendo uma carreira acadêmica brilhante, sempre homenageados em atividades escolares da cidade. Giuseppa, em 1913, com 24 anos de idade, formou-se na Escola Agrícola Prática de Piracicaba e se dedicou às plantações de café. Milano, em

1911, com 23 anos de idade, formou-se em Medicina pela Universidade Federal do Rio de Janeiro. Cesare, em 1918, com 25 anos, formou-se em Direito pela Faculdade de Direito do Largo de São Francisco. Todos da família Pepilanetto se casaram e tiveram vários filhos, sendo fiéis trabalhadores da Doutrina Espírita, estudiosos das Obras Básicas, além de terem ido várias vezes a Pedro Leopoldo, em Minas Gerais, visitar Chico Xavier, depois que ele se tornou conhecido por psicografar seu primeiro livro, *Parnaso de Além-túmulo*[1].

Celeste casou-se com Eduardo e tiveram quatro filhos. A italianinha de Pádova tornou-se a principal executiva da Brighton até o fechamento da empresa, em 1931, e depois dedicou sua vida ao próximo, além de ajudar outros grupos espíritas da cidade a se registrarem juridicamente, para atenderem as autoridades locais.

Numa de suas idas a Pedro Leopoldo, Celeste recebeu orientação de Emmanuel, protetor espiritual de Chico Xavier: deveria começar a trabalhar com sua mediunidade. Foi a partir dessa orientação que eclodiu sua mediunidade de efeitos físicos e ela passou a realizar cirurgias espirituais com sucesso, atraindo doentes de todos os lugares do Brasil, sempre amparada por uma equipe de espíritos de médicos que a orientavam. Santa Pepilanetto, a mamãe querida de todos, era médium vidente e

---

1 Constitui-se na primeira obra psicografada pelo jovem médium Francisco Cândido Xavier, lançada em 9 de julho de 1932 pela Federação Espírita Brasileira (FEB). Esta primeira edição trazia sessenta poemas, assinados por nove poetas brasileiros, quatro portugueses e um anônimo. A partir da segunda edição, publicada em 1935, foram sendo gradualmente incorporados novos poemas à obra, até a sexta edição, publicada em 1955, quando fixou-se a quantidade de poemas em 259, atribuídos a 56 autores luso-brasileiros, entre renomados e anônimos.

ia descrevendo nas sessões de cura o que se passava no plano espiritual, para emoção e conhecimento dos assistidos.

Celeste também destacou-se na oratória, por orientação do jovem Theodoro José Papa, e foi convidada a falar sobre o Evangelho de Jesus em várias cidades: Franca, Araraquara, Cravinhos, Sacramento, São Joaquim da Barra, Barretos, Sertãozinho, Pontal e outras.

A família Pepilanetto se dedicava ao próximo com alegria e entusiasmo, sempre unidos, onde estivessem, e sempre citavam a frase de Eurípedes Barsanulfo, o Apóstolo de Sacramento, que dizia: "O amor é tudo o que temos, é o único caminho pelo qual um pode ajudar o outro".

Pérola Negra

ARIOVALDO CESAR JUNIOR
DITADO PELO ESPÍRITO FERNANDES DE ALMEIDA DE MELO

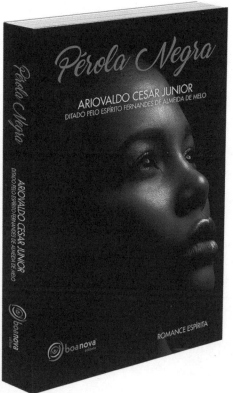

224 páginas | Romance Espírita
Formato: 16x23cm

Em 1818, a escravidão estava no auge. Uma linda jovem negra é leiloada no Cais do Valongo, no Rio de Janeiro, após chegar da África. Nesse leilão, dois homens se interessam por ela, um fazendeiro famoso e um tenente da Real Academia Militar, mas o fazendeiro acaba tendo mais sucesso na empreitada. O tenente, inconformado, organiza uma ação criminosa para libertá-la que resultará em mortes, traição, desespero e infidelidade – uma trama que vai prender sua atenção do começo ao fim.
As comunicações espirituais revelam informações preciosas que mudam a vida dos envolvidos, conduzindo-os aos verdadeiros compromissos espirituais.

17 3531.4444 | boanova@boanova.net | www.boanova.net

Levamos o livro espírita cada vez mais longe!

📍 Av. Porto Ferreira, 1031 | Parque Iracema
CEP 15809-020 | Catanduva-SP

🌐 www.**boanova**.net

✉ boanova@boanova.net

📞 17 3531.4444

💬 17 99777.7413

Siga-nos em nossas redes sociais.

@boanovaed

boanovaeditora

CURTA, COMENTE, COMPARTILHE E SALVE.
utilize #boanovaeditora

Acesse nossa loja

Fale pelo whatsapp